千里眼の水晶体

松岡圭祐

角川文庫
14550

目次

回想

ジェフリー・E・マクガイアにとって、終戦間際の日本で過ごした十七歳の夏は、長い人生で片時も忘れたことのない、深く刻みこまれた記憶だった。

二等兵として太平洋戦線に駆りだされ、初めて赴いた戦地は極東の国、日本。

イタリアやドイツが降伏したあとも、日本一国のみが驚異的な粘りをみせ、長引く戦争は双方にとって激しい苦痛を伴う消耗戦となっていた。

マクガイアの同世代の友人らは、沖縄上陸を前に半数以上が戦死した。残る連中も各部隊に散り散りとなり、音信不通となった。

アイダホ州の実家に送った手紙の返事すら途絶えているのだ、戦場で作戦以外の連絡網が確立しているはずもない。

広島と長崎に原爆が投下されたと耳にしたとき、マクガイアはただひたすら恐怖と、戦うことの虚(むな)しさを噛(か)みしめた。

戦地にいればわかる。戦争は間もなく終わるはずだった。都市は荒廃し、日本軍は物資も兵力も底をつき、降伏は時間の問題だった。

連合軍は、いや祖国アメリカは、そのわずかな日数も待たなかった。開けてはならないパンドラの箱、核という悪魔の発明に手を染め、もはや抵抗力を失った日本を完膚なきまでに叩き(たた)のめした。

この戦争が終われば、ソ連との対立は深まり、それが次なる戦争の引き金になるかもしれない。遠い極東の地で、マクガイアはそう感じる連合軍兵士のひとりだった。原爆によって戦後の世界において優位に立とうとする合衆国政府の意図は、末端の歩兵にすぎないマクガイアにも理解できていた。

事情はすべてわかっている。わかりすぎているぐらいだ。戦闘は一日でも、いや一時間でも早く終結してほしい。弾が飛び交っているあいだは、誰かが命を落としている。悲鳴が聞こえる。軍人の呻き(うめ)声もあれば、民間人の絶叫もある。耳をふさぎたくなる断末魔の叫び、阿鼻(あび)叫喚の地獄絵、肉が焼けるあの悪臭。

早く終われ、とマクガイアは思った。戦争はもう御免だ。

だが、一九四五年の八月十五日を迎えても、マクガイアは戦争から解放されることがなかった。

最前線の陸上部隊としてはもはや数少ない無傷の兵士のひとりとして、危険分子の生き残りを排除する特殊任務を言い渡されたからだった。

八月二十日。

日本のポツダム宣言受諾から六日後、軍への停戦命令が下ってから四日後のことだった。マクガイアはまだ、ボルト・アクション式のライフルに弾をこめ、ぼろぼろになった迷彩服に身を包まねばならなかった。

そこは、夏場でも涼しげな気候に包まれた山村の近くだった。高さ六百フィートにも及ぶ断崖絶壁が連なる海岸線、青い海、豊かな緑に包まれた平和な土地だった。

部隊を率いたのはクレイ・ミシガンという二十七歳の軍曹だった。ヨーロッパ戦線でも戦った経験があるという彼のほかは、マクガイアを含めて各部隊の若造の寄せ集めにすぎなかった。

「簡単な任務だ」とミシガンはいった。「森林の奥地に、日本軍の生物兵器〝冠摩〟を秘匿している場所がある。俺たちの仕事は、その建物および兵器を確保することだ」

マクガイアはきいた。「生物兵器って、細菌ですか?」

「ウィルスだ。細菌とは似て非なるものだ」

「あいにくガスマスクは破損しちまって、まだ備品は届かないんです」

「心配するな。マスクなんかいらんよ」

「なぜです?」

「〝冠摩〟ってのは、この戦争の初期に日本軍がインドネシアの蚊から抽出したウィルスを培養させたものらしい。空気中に散布され、それを吸いこむと肺がやられて、たちまち呼吸困難に陥るってしろものだ。けどな、こいつは東南アジアの亜熱帯性の気候と気温のなかでなきゃ、生きられないそうだ。この季節、九州や沖縄なら可能性もあるが、東北じゃウィルスが空気に触れたとたんに死滅しちまうらしい。日本軍がここに貯蔵しておいたのも、そのせいさ」

「けれども、万一ってこともあるでしょう? もし体内に入って、ウィルスが生き残ってる状態のまま、亜熱帯の地方に行ったりしたら……」

「心配性だな、おまえは。そんなことにはならんよ。亜熱帯って地域は、熱帯ほどに気温が高くなることもあれば、寒い日もある。沖縄に行ったらただちに増殖するってものでもない」

「でもいまは夏ですし……」

「もし体内に吸いこんでも、ウィルスを死滅させるためのワクチンを日本軍はすでに開発済みだ。ワクチンの成分表と化学式も一緒に保管されているそうだから、それも回収しとかなきゃな」

「どうもやっかいですね」マクガイアはため息をついてみせた。「終戦を迎えたってのに、また命賭けの任務ですか。兵器が残されてても、降伏した日本にはもう使いようがないと思いますが」

「そうでもない……。日本が使用しなくても、ソビエトの手に渡るかもしれん。兵器ってのは、破壊をもたらすものだ。なにかが壊れることによって争いは始まる。橋とか、鉄道とか、あるいは均衡だったり、秩序だったり、友情だったり……。この秘匿された兵器がなにかを破壊したとき、また戦争が始まるんだ。原因を無に帰することができるのなら、そうしておいたほうがいい」

十七のマクガイアには、ミシガンの言葉の意味はやや哲学めいて聞こえ、深い意味はわからなかった。考えるのはよそう、とマクガイアは思った。俺たちはただ、与えられた任務をこなすだけだ。

森林のなかの巨大な兵器工場もしくは研究所をマクガイアは思い描いていたが、作戦決行の日、実際に目標の地点まで近づいてみると、それは呆れるほど小さな木造の小屋にすぎなかった。

小屋の番人も、げっそりとやせ細った日本兵ひとりだけで、彼はむしろ戦争から取り残された被害者のようにさえ見えた。

にもかかわらず、接近しようとしたマクガイアの部隊に気づくやいなや、その日本兵はライフル銃を発砲して抵抗した。ライフルの弾が底を突くと、拳銃の弾を発射した。

その拳銃の発砲は、マクガイアにとって理解不能な行動に思えた。日本兵は森林に身を伏せたマクガイアらを狙い撃つというより、ただやみくもに周辺に銃を乱射したにすぎなかった。

腹をきめて立て籠もったからには、弾丸の一発すら貴重な物資のはずだ。それを乱射とはどういう了見だろう。追い詰められて錯乱に至ったのか。

つづけざまに六発が発射されたあと、銃声は途絶えた。

じりじりと包囲網を狭め、小屋に突入したマクガイアらが目にしたのは、日本刀で自決した兵士の姿だった。

そこは、研究施設というにはあまりに粗末な施設だった。いくつかの試験管にビーカー、調合された液体の入ったビン。あるのはそれだけだった。

司令部に無線で照合した結果、そのビンの液体が〝冠摩〟にちがいないらしい、という結論に達した。

大人用のミルクのビンぐらいのサイズ、蓋はコルクだった。密閉されたものかどうか怪しい。にもかかわらず、部隊の誰も身体の異常を訴えなかった。

マクガイアは今年、七十八になる。あのときは不安でたまらなかったが、この歳になるまで病気らしい病気を患ったこともない。ミシガン軍曹が告げたとおりだったのだろう。任務は成功と報告された。ただし、すべてを成しえたわけではない。ワクチンの成分表は、小屋からは発見されなかった。軍医は日本兵が成分表を飲みこんだ可能性もあるとして、死体の解剖までおこなったが、なにも見つからずじまいだった。

惨たらしさばかりがつきまとった戦場で、とりわけこの一件が記憶に残っているのは、いくつもの不可解な謎のせいだろう。マクガイアはそう思った。

なぜ日本兵は冠摩の蓋を開けなかったのか。あの気候では兵器としては使いものにならなくても、空気に触れさせて死滅させてしまえば、敵であるわれわれに奪われずに済んだのに。

そして、あくまで抵抗を試みる姿勢をしめしたかと思えば、守るべき冠摩を遺してあっさり自決してしまったのも腑に落ちない。どういう心境の変化だったろうか。

齢を重ねても、こればかりは理解できない。

だがマクガイアは、その疑問を他人に問いただしたことはなかった。日記にも事実を淡々と記したのみで、誰かに見せたこともない。

真相を知ったところで、どうなるものでもない。あるのはただ主観のみだ。極東の瀕死（ひんし）の国を完膚なきまでに叩（たた）きのめそうとする軍隊に加わった、終戦前後の苦い罪悪感。自分が引き金を引いたことにより、命を失った人間が確実に存在したという事実。

たったひとりで抵抗する彼に、こちらは大勢で繰りだした。圧倒した。蚊の体内から絞りだしたウィルスをようやくひとつのビンに満たして兵器と称した彼らに、われわれは原爆を投下した。

始まりは彼らだった。

だが、正義は終始一貫して、われわれにあったといえるだろうか。

心のもやは、いっこうに晴れない。マクガイアは寝室のベッドから起きだし、窓のカーテンを開け放った。

輝く太陽の下、蒼（あお）く澄みきったオアフ島の海がひろがる。

その彼方（かなた）に、パールハーバーに停泊する船舶のシルエットが霞（かす）んで見えていた。

千里眼

空港で働いている職員が、どんな組織に所属し、どこから給料を受け取っているかを正確に把握している人間は少ない。

就職してみて、空港職員とはあらゆる機関から出向した者の寄せ集めだと、初めて知ることになる。

国際線の場合、入国審査官や警備官は法務省。税関職員は財務省。検疫所職員は厚生労働省だが、動物検疫所の場合は農林水産省の管轄だ。

一方、国内線のほうは警備官が警察から来ていることを除けば、大多数の部署は国土交通省が占めている。

米本亮（よねもとりょう）も二年前に大学を出て以降、国土交通省の職員になったが、航空局にまわされてからは羽田空港の勤務になった。

とはいえ、空港事務所に詰めていれば仕事になるというものでもない。きょうのようにトラブル収拾のためにクルマで都内を走りまわらねばならない日もある。

蒸し暑い夏日がつづいていた。昼どきだというのに、食事をとる暇もない。

文京区、本郷(ほんごう)通りから一本裏に入った路地に、細い五階建てのビルを見つけた。

ここか。

米本は駐車場にクルマを停めると、ホールのエレベーターに向かった。

案内板にしたがって、日本臨床心理士会事務局のある三階に昇る。

ところが、エレベーターの扉が開くと、そこはひとけのないフロアだった。待合室はひっそりと静まりかえっている。受付はない。

「こんにちは」米本は静けさのなかに声を響かせた。「誰かいませんか」

奥の間仕切りにある扉が開いて、口のまわりにひげをたくわえた三十代半ばの男が顔をのぞかせた。

「なにか?」と男はきいた。

「あの……臨床心理士会のほうに相談があって、来たんですが」

「そうですか。どこか病院のご紹介ですか?」

「いや。私は羽田空港事務所勤務の米本といいます。じつは空港のほうでちょっとしたトラブルがありまして、それが乗客の精神状態に関することですから……。専門家にお越し願えないかと思いまして」

「はあ、そうなんですか。あ、申し遅れました。舎利弗浩輔といいます。いちおう私も、臨床心理士やってます」

この男が臨床心理士。

米本は困惑した。小太りで、目は子供のように丸くて、人見知りする性格なのか、腰が退けておどおどとしている。

「ほかに誰か、臨床心理士の方はおられませんか」

「それがあいにく、みんな出払ってるんです。スクールカウンセリングや、ハローワークの就職適性相談、少年院での更生指導とか、人数が不足しているので多忙のきわみでして」

「あなたお独りが、留守番しておられるので？」

「ええ、そうなんですよ。そのう、ここで電話を受けたり、雑用してるほうが向いているのかな、と自分でも思ってまして……」

「へえ……」

「臨床心理士は五年ごとの資格更新のために、論文を書いたり発表したりっていう課題もありましてね。相談者と向かい合わなくても、やるべきことはたくさんあるんです」

間仕切りの向こうは事務室らしいが、なぜか怪獣ゴジラの鳴き声が聞こえてくる。

「DVDを楽しんでおられるようですが」米本はきいた。

「ああ、ええと、はい」舎利弗は、テレビの音が漏れ聞こえてくる事務室の扉を閉めた。

「論文も一段落したので、ちょっと暇を持て余していたところだったので……」

「それでしたら、すぐに羽田に来ていただけませんか。問題に対処していただきたいのです」

「え？　あ、ちょ、ちょっと待ってください。そのう、僕がなにか、トラブルの現場に行くってことですか？」

「そうですよ。臨床心理士なんでしょう？　以前にも羽田では、飛行機恐怖症の乗客とか挙動不審で警備官に捕まった者に応対していただくため、臨床心理士にご依頼申し上げているはずですが」

「それはいいんですけど、僕はあまり、得意じゃないですし……」

「得意って？　臨床心理士資格といえば狭き門でしょう？　それをくぐりぬけてこられたからには、相応な知識をお持ちなのでは？」

「知識はそれなりですが、人と向かいあうのは苦手でして。なんていうか、人と目を合わせると、緊張してしまうっていうか……」

呆れたものだと米本は思った。

しかし、珍しい人種ではない。国土交通省にも、試験での成績が優秀だったのに、職場では適性のなさを露呈してしまう人間もいる。

「弱ったな」と米本はいった。「航空機内の職員や乗客の心理に詳しい専門家が必要でして、以前なら精神科医の笹島雄介に依頼するところなんですが……」

「ああ。彼はもう……あれですからね」

「だから、医師ではなく臨床心理士にご相談しようと思ったんです」

「トラブルというと、どういうことでしょう。機長が取り乱して、降りられなくなってるとか？」

「ジャパン・エア・インターナショナル国内便にそんなパイロットはいませんよ。旅客機はとっくに着陸してます。ただし、機体から外に出たがらない乗客が一名いまして……」

「出たがらない？　よほど飛行機が好きなんでしょうかね」

「いや。そういうわけではないと思いますが。とにかく会っていただければわかるかと」

「僕には無理ですよ。ただ、ええと、それなら……」

「なんですか」

「岬美由紀はどうでしょう。彼女なら飛行機についても詳しいですし」

聞いた名だが、すぐには思いだせなかった。

米本はたずねた。「どういうお方でしたっけ」

舎利弗は壁の棚に向かい、一冊のファイルを引き抜いた。しばしページを繰ってから、該当する箇所を見つけたらしい。米本に差しだしてきた。

写真つきの履歴書だった。

美人で、しかも女子大生のように若くみえる。

実年齢は二十八というが、とてもそうは思えない。顔が小さいのか、大きく見開いた瞳との比率はまるで少女漫画のようだった。

履歴に目を通して、米本は面食らった。「防衛大学校卒業？」

「そう。首席で卒業して、幹部候補生学校を経て航空自衛隊に入隊。戦闘機に乗ってたんですよ、女性自衛官では史上初の」

「ああ！　岬美由紀さんか。評判は聞いたことがあります。千里眼って呼ばれてる……」

「F15乗りだったので、動体視力が半端じゃなくてね。相談者の表情筋から感情を把握する観察法を学んだところ、彼女の場合はありえないぐらいに瞬時に、しかも的確に相手の気持ちを察してしまうんで……。いつの間にかそんなふうに呼ばれるようになったわけです」

「そんな観察法があるんですか。あなたも僕の感情を読んだりとか、そういうことができるわけで？」

「ええ、あの、ちゃんと見ればね……。さっきも言ったように、僕は人と目を合わせるのが苦手で……」

「ああ、そうでしたね……。しかし、岬先生ならぜひともお願いしたいところです。ただ……」

「なにか？」

「いえ。岬美由紀さんといえば、とんでもなく大きな事件を解決したという新聞記事を何度か目にしてますけど。今回は、そこまでの規模でもないんです。果たしてお受けいただけるでしょうか？」

「そりゃもちろん、だいじょうぶですよ」舎利弗はようやく米本をまっすぐに見つめかえし、きっぱりと言い放った。「ミサイル問題と、親子の不仲問題のいずれにも真剣に取り組んで、どちらも解決に至らしめるひとですからね、彼女は」

急行

岬美由紀は喫茶店のカウンターに頬杖をつきながら、大あくびをした。

「おやおや」と隣りに座っている同世代の職場仲間、徳永良彦がつぶやいた。「まだ昼だってのに。寝不足かい？」

「ごめんなさい。ちょっとね……」美由紀は、まだおさまらないあくびを噛み殺した。

「忙しいわりには、マンションに帰ってもなかなか寝つけなくて」

「よくないよ。睡眠ってのは必要だ。子供は眠ってるあいだにしか成長ホルモンは分泌されないんだし」

「わたし子供じゃないんだけど。身長も百六十五あるし」

「ほんとに？　小柄に見えるね」

「よくそういわれるの。存在が小さいからかな」

「まさか。きみほどでかい存在の臨床心理士はいないよ。顔が小さいうえに、痩せているせいかな。以前は自衛隊だったんだろ？　当時からそんなに細かったの？」

「もっと栄養を採れってよく注意されたわ」美由紀は苦笑しながらコーヒーをすすった。

「徳永さんも男性のわりには痩せてるほうじゃない？　お肉ちゃんと食べてる？」

「野菜が好きでね。生活も草食動物みたいなもんだ。ゆっくり動いて、すぐに寝る。身体の免疫力を高める化学物質も、睡眠中に分泌されるんだよ。人は眠らないとね」

「ただ休むだけってのが、なんか気が進まないのね。せめてフロイトが主張したみたいに、夢判断ってものでも信じられれば楽しいのに」

「あれはもう今となっちゃ古色蒼然（そうぜん）とした伝説だからね。臨床心理士になると迷信に振りまわされなくなる反面、楽しみも減るね。占いもまるで信じられなくなるし。そりゃ、あくびも出るだろうよ」

店内のテレビにニュースが映っていた。

大規模な山火事だった。ヘリが空中から消火剤を散布し鎮火を試みている。

キャスターの声が告げた。「お伝えしておりますように、山形県西村山（にしむらやま）郡大江（おおえ）町付近の減楽山、祠堂山などの森林が、けさ未明から激しく燃え広がり、現在もなお消火にいたっておりません。これらの山は国有地で宅地もなく、住んでいる人もいないとのことですが、それゆえに出火原因は不明で、警察では鎮火を待って現場を詳しく調べるとしています」

「異常気象かな」と徳永がいった。「やたら暑い日がつづいてるしね。東北でも最近じゃ四十度近くまであがる日もある」

美由紀はうなずいた。「スコールみたいな激しい雨が降ったりもするしね。噂どおり本州も亜熱帯化してるのかな」

「おかげでうちも庭の雑草の生長が早いよ。見たこともない草も生えてきた。しばらく留守にしてたら密林のようなありさまだよ」

携帯電話が鳴った。美由紀が取りだすと、臨床心理士会の番号が表示されている。

「はい。岬ですが」と美由紀は電話にでた。

「美由紀」舎利弗の声が告げてきた。「すまないけど、急いで羽田空港に行ってくれないかな」

「なぜ?」

「僕もよく知らないけど、国土交通省の人が……」

すかさず美由紀は立ちあがった。「行くわ。舎利弗先生、詳しい話は現場で聞くって伝えておいて」

返事も聞かずに電話を切った。ハンドバッグから千円札をだしてカウンターに置くと、美由紀は徳永にいった。「羽田でなにか事件だって」

「事件？　テレビでは何も言ってないけど……」

「空港で国土交通省がらみってことは航空局からの要請だろうしね。報道まではされなくても、急を要する事態だと思うから」

「輝いてるね。臨床心理士より自衛官のほうが向いてるんじゃない？」

「いえ。でも、その両方の知識と経験を生かせる状況は見過ごせないの。じゃ、またね」

午後のスクールカウンセリングはどうするんだい。背に徳永の声を聞きながら、美由紀は店を駆けだした。

昼下がりの表参道、歩道は十代の若者で賑わっていた。

美由紀はパーキングスペースに停めてあるランボルギーニ・ガヤルドの運転席に飛びこむと、エンジンをかけて素早く発進させた。

ガヤルドは以前にも乗っていたが、臨床心理士資格を取得すると同時に手放した。新しく購入した二〇〇七年モデルは外見こそ同じだが、走行性能は格段に進歩している。セミオートマのEギアの変速もスムーズだし、なにより安定性がある。

以前に乗っていたメルセデスのCLS５５０は手放さず、大阪の伊丹総合病院に停めたままになっていた。出張で関西に出かけたあと、新幹線で戻ったからだ。そろそろエンジンをかけに行かないと、オイルが詰まって始動しなくなるかもしれない。

明治神宮方面へとガヤルドを走らせていると、今度はダッシュボードのスピーカーから電話の呼びだし音が鳴った。

ポケットに入っている携帯電話とブルートゥースで無線接続され、ハンズフリー通話が可能になっている。

美由紀はボタンを押した。「もしもし」

友人の高遠由愛香の声が告げてくる。「美由紀。わたしいま、どんなところにいると思う？　足場の幅わずか六十センチ、左右は高さ五十メートルの断崖絶壁。危険よ。きゃああ！」

「由愛香」美由紀はため息まじりにいった。「左右に断崖絶壁がある、その谷間にいるんでしょ。危険でもなんでもないわ」

「なんだ……。まったく。引っ掛け問題さえ通用しないの」

「しかも都内にいるんでしょ。察するにその谷間ってのはビルの隙間の通路ね」

「あーあ。千里眼はなんでもお見通し。なんでもお見通しマンって歌知ってる？　美由紀の着うたにすればぴったりなのに」

「悪いんだけど、急用なの。しばらく電話できないから」

「なんで？　きょうの夕方の約束はどうするの？」

「ああ……一緒に夕食するって予定だったかしら。ごめんね。藍を誘ったらどう？」

「無理よ」と由愛香の声はいった。

「どうして？」

「きょう行こうとしてたのは、お台場の温泉施設だから。藍には無理でしょ」

「そうね……。彼女は不潔恐怖症だから、大浴場は入りたがらないかもね」

「ゆっくり温泉につかってリフレッシュしたかったんだけどなぁ。忙しくて伊豆とかには行けないし」

「ねえ由愛香。そう言わないで、伊豆の真新しい温泉風呂つき部屋とか予約しようよ。個室なら藍もたぶんだいじょうぶだから」

「えー。店の経営が忙しいこの時期に？」

「温泉に浸かりたいんでしょ？　そもそもなぜ火山もない東京に温泉が存在するかわかる？」

「そういえば、そうよね。なんで？」

「温泉法では、摂氏二十五度以上の地下水なら温泉とすると定められてるの。地下水は深く掘るほど地熱で温かいし、六百メートルも掘ると三十度のお湯がでる。これはいちおう、法律で温泉ってことになるの」

「そうなの!? ちゃんとした温泉じゃないの？」

「お台場に火山があったなんて聞いたことないでしょ。台場はもともと、徳川幕府が黒船の接近を阻止するために大砲の台座を設置したことから、その名前がついたの。マグマとは無縁のしっかりした土壌だったことも、大砲設置の理由のひとつだったはずよ」

「すげー。あいかわらず物知りだよねぇ美由紀。いったいどこで勉強してんの？ 藍なんてミケランジェロとキリマンジャロの区別もつかないのに。このあいだなんて、ヒヤリンスとヒヤシンス間違えてて……」

行く手は渋滞していた。

原宿駅周辺が異様なほど混んでいて、そこかしこに立つ警備員が交通整理に追われている。

「ごめん、由愛香。また連絡するから」美由紀は電話を切った。

三車線は完全に塞がっていた。美由紀はウィンドウを下げ、近くにいた年配の警備員にたずねた。「なにかあったんですか？」

「この先で緊急の道路工事があってね。すまないけど、Uターンしてもらわないと」

「そうですか……。ほんの数キロ先の高速入り口に入りたいだけなのに、遠回りね」

「どの道も明治神宮の森を迂回してるからなぁ。森を突っ切れる道でも敷いてほしいところだけどな。たしかここは昔、なにもなかったのに強引に森を作ったんだよな」

美由紀は苦笑いをしてみせた。「全国各地からの献木でできた森なんですから、ある意味では自然のものよりも偉大ですよ」

「バブルのころはこの森も小っちゃくなるって言われてたそうだよ。東京の気候に合わない木がずいぶん枯れちまったそうだから。そのままにしときゃ道もできたのになぁ。足りなくなったぶんはまた続々と献木されたんだってさ」

「ああ……。ホテルニューグランドとか、率先して協力したそうですね」

「なにか寄贈する余裕があるなら道作ってほしいよ。おかげでこんな大渋滞だ」

「いえ。渋滞は回避すればいいだけです。交通整理ご苦労さまです。じゃ失礼します」

すかさずステアリングを切って、Uターン用に設けられた一帯よりもはるかに手前でクルマを逆方向に差し向ける。

そこには、中央分離帯への進入を阻止するための鉄柵が組んであった。

「ぶつかるぞ！」警備員のあわてた声が飛んでくる。

だが美由紀は、鉄柵の高さを見切っていた。一箇所だけ広くあいているところがある。高さ百十七センチていど。対するガヤルドの車高は百十六・五。

屋根をこする衝撃は感じられなかった。ガヤルドは柵の下をすり抜け、難なく対向車線に乗って方向転換した。

そのままアクセルを踏みこんで速度を上げる。ルームミラーのなかに、口をぽかんと開けてたたずむ警備員の姿が小さく見えていた。

旅客機

首都高速湾岸線を降りて、羽田空港の第一旅客ターミナル方面に一般道を走らせる。

やはりガヤルドでは幅ぎりぎりの細い路地を突っきって、空港の滑走路に直結する関係者専用ゲートにたどり着いた。ここは航空便貨物の搬入口のひとつだった。

クルマを停車させ、窓を開けてゲートの脇の警備小屋に呼びかける。「臨床心理士の岬美由紀です」

小屋のドアが開き、スーツ姿の若い男が小走りに駆けだしてきた。

「国土交通省航空局の米本です。お早かったですね？　私もいま空港に戻ったばかりだったのに……」

「ええ。ちょっと飛ばしてきたので」

「携帯にお電話いただければご案内したのに、よくここだとわかりましたね」

「第一旅客ターミナルの南ウィングにいちばん近いゲートはここだから。空自にいたところに図面は頭に叩きこんだの。それで状況はどうなったの？」

「行きながらご説明します。ええと……私もご一緒してよろしいですか？」

「このクルマで乗りいれてもいいの？」

「ええ。緊急ですし、ＪＡＩの旅客機は南ウィングの端につけていますから、他社の機の邪魔にはなりませんし」

急いで駆けつける必要を感じているというよりも、ランボルギーニに乗ってみたいというのが本音のようだった。トラブルが起きているというのに米本の眼輪筋が収縮しているところに、それが見てとれる。

「どうぞ。乗って」と美由紀はいった。

米本は助手席側のドアに駆けていき、困惑したように聞いてきた。「このドア、上に開けるんですか？」

「ガヤルドはふつうに横に開くの」

ドアが開き、米本が助手席におさまる。美由紀はすぐにガヤルドを発進させた。

「行き先はですね」米本が話しかけてきた。「ターミナル間連絡バスの乗り場を右折して……」

「だいじょうぶ。わかってるから。それより、どんな人が問題になっているのか知りたいんだけど」

「さきほど到着した庄内発羽田行きのＪＡＩ７３１便なんですが、乗客の女性が機内で騒ぎを起こしたんです。篠山里佳子さん、三十一歳。旦那さんは篠山正平さんといって、同じ機に乗ってました」

「どんな騒動を？」

「フライト中に洗面所に行って、ずっと水を出しっぱなしにしましてね。それで顔と手を洗いつづけるんです。当然、空中の飛行機は水道につながっているわけではないので、水には限りはあります。しかし彼女はフライトアテンダントの制止も聞かず、ひたすら洗面所にしがみついていたんです」

「ふうん。山形県の庄内から羽田までってことは、飛行時間はごくわずかのはずね？　離陸したと思ったら、すぐにランディング・アプローチに入るでしょ？」

「おっしゃるとおりです。シートベルトのサインが点灯したんですが、彼女は席に戻ろうとしませんでした。旦那さんが呼びかけても、無理でね。結局、洗面所に近い空席に強引に座らせたんですが、それでも立ちあがろうとするし、シートベルトを締めて固定したら、泣き叫んで暴れる始末で。まあ、着陸には支障なかったようですが」

「まだ機内にいるの？」

「そうなんですよ。ほかの乗客は全員降りたんですが、彼女ひとりだけは際限なく洗面所で顔を洗いつづけてるんです。水が出なくなると激怒するので、タンクに補充したありさまで……。旦那さんも仕方なく付き添ってます」

「どうして飛行機を降りたがらないか、理由はきいた？」

「東京の空気は汚染されてて、そのなかには出たくないとか……。庄内に送りかえすしかないのかもしれませんが、ひとまずは騒ぎをおさめないと」

第一旅客ターミナルをまわりこむと、建物に機首を向けて静止しているＪＡＩの旅客機が見えてきた。

救急車がその機体の下に停まっているが、救急隊員らは途方に暮れたように立ち尽くしている。

機体のすぐ近くまで来ると、美由紀はクルマを停めた。「米本さん、これを運転して別のクルマを持ってきて。後部座席の広いセダンタイプか、リムジンならとてもいいんだけど」

「どうしてですか？」

「極端な不潔恐怖症の女性を連れだすには、清潔なクルマでないとね。夫婦を乗せて運ぶためにも、こんな2シーターのクルマじゃ駄目だし」

「救急車が待機してるのに……」

「病院に連れて行かれるとわかったら、余計に彼女の心は追い詰められてしまう。東京に着いた彼女をサポートするって立場でアプローチしないと、対話さえも拒絶される可能性がある。車内に匂いのしない、新しいクルマを用意してね」

「ええ、なんとかします。消毒もしたほうがいいんでしょうか？」

「いいえ。匂いが残るから逆効果ね。それに、本当に殺菌状態の環境が必要なわけじゃないの。篠山里佳子さんが清潔だと感じてくれれば、それでいいのよ。だから行き先も、ホテルのスイートルームを用意して。入浴して心ゆくまで身体を洗ったら、さっと落ち着くわ」

「わかりました、手配します。……このクルマ、ほんとに運転していいんですか？」

「飛ばしすぎないでね。段差を越えるときには車高を上げるボタンがついてるから、それを使って。じゃ、お願いね」

美由紀は車外に出て走りだした。

機体を見上げる。出入り口のドアにはボーディングブリッジが接続されていた。

整備士や清掃員用の鉄製の階段がボーディングブリッジに伸びている。それを駆けあがった。

機内に入る。

すでにエンジンが切れていて、しんと静まりかえった機内はずいぶん異質に思えた。迎えいれてくれる客室乗務員もいなければ、座席に乗客の姿もない。

明かりは消され、窓から差しこむ自然光だけが唯一の光源になっていた。

キャビンの通路を後方に進んでいくと、行く手の暗がりから女の声がする。「ねえ里佳子さん。ここで顔を洗うよりも、きちんとした浴室に移ったほうがきれいになりますよ。どうか、いったん外にでて……」

唸るような声。それも女性だった。がさがさという音と、水流の音だけが響く。

そこに行き着くよりも前に、座席に腰掛けていたひとりの痩せた男が、美由紀に気づいたようすで立ちあがった。

「あ、あの……」男は弱々しい声でいった。「こんなことになってしまいまして、申し訳ありません……」

皺だらけのスーツに眼鏡、色白で虚弱体質に見える外見。年齢は三十代半ばだが、おどおどした態度は迷子になった小学生のようだ。

「篠山正平さんですね？　臨床心理士の岬です」

「臨床心理士……。ああ、よかった。どうか妻に歯止めをかけてやってください。いつもなら、少し手を洗えば落ち着くはずなのに、今回はなぜか暴走しちゃって……」

「だいじょうぶですから。おまかせください」

美由紀は通路に歩を進めた。

機長と客室乗務員の女性が数人、こちらを振りかえっていた。全員の目が困惑とともに、救いを求めている。

機長がささやいてきた。「ずっとあんな調子でね……。夕方には折り返し庄内に飛ばなきゃいけないんだが、これじゃ掃除もできないし整備も入れない」

その視線を追って、美由紀は機体後部の洗面所に目を向けた。

開け放たれたドアからのぞいているのは、ずっと説得にあたっている女性の乗務員と、洗面台の前にうずくまるひとりの女の姿だった。

なんとも奇妙なことに、女は身体を青いろのビニールでくるんでいる。どうやらそのビニールは、屋外で敷物に使うものらしい。

ゆっくりと近づく。女は石鹸を顔にこすりつけては、水でそれを洗いながすという作業を繰りかえしていた。

タオルで顔を拭おうとはしない。

髪は濡れたままで、ときおり頭から水を被ろうともするが、洗面台が狭いのでうまくいかないらしい。

美由紀は声をかけた。「こんにちは。里佳子さん」

びくっとしたように動きをとめた里佳子が、美由紀を見あげた。

すっかり化粧がおちてしまっているが、肌艶はきれいで、やや童顔のせいか三十一歳という実年齢よりも若くみえる。

里佳子は怯えたような顔で、美由紀をじっと見つめている。

「ねえ」美由紀はしゃがみこんで、里佳子と目線の高さを同じくした。「旅客機の機内はきちんと清掃してあるし、いつも清潔なのよ。なんの汚れがそんなに気になるの？」

「……大勢の人が乗ったから」里佳子は震える声でつぶやいた。「飛行機はきれいでも、乗ってくる人はそうじゃないし。吐く息も……」

閉ざされた空間で、空気が濁っていると感じたのだろう。

美由紀は、なんらかの恐怖症に直面している人に対して、ただちにその思いこみを否定するのは好ましくないと考えていた。

むしろそれを肯定してから、すでにその環境への対処がなされていると説明することで、本人に安心を与えられる。

「聞いて。あなたが感じたことは正しいの。狭い機内に何百人もいて、その全員が呼吸してる。ふつう、人間は一分間に六リットルから八リットルの空気を吸って、吐いているの。それだけの二酸化炭素が吐きだされているのは事実だし、ふだんタバコを吸っている人の汚れた肺に溜まった空気が、また機内に戻されているのも事実」

「……うう」里佳子は耐えられないというように、両手で水をすくいあげて顔にこすりつけた。

「でもね」と美由紀はいった。「機内は密閉されてはいないのよ。常に換気される仕組みなの。この大きさの旅客機の場合、機内が取りいれる空気は一分間で二十万リットル。乗客が五百人いたとしても、一分間に消費される空気はこの五十分の一でしかない」

里佳子が手をとめた。

「……それ、ほんと？」と里佳子が左のこめかみの髪をかきあげ、耳を美由紀に向けてきた。

混乱の渦中にありながら、美由紀の言葉をできるだけ克明に聞き取ろうとしているらしい。

手と同じく、目や耳も左右いずれかが利くものだ。里佳子の利き耳は左のようだった。わざわざ身体をねじってまで、左耳を近づけてきている。

その里佳子の耳に、美由紀はささやいた。「外の空気は空調からダクトを通って、天井の送風口から吹きこんでくる。汚れた空気は機内の両サイドの床下から後方に流れて、アウトフロー・バルブから外に排出される。機内は常に新鮮な空気に保たれているのよ」

「だけど、わたし……。なんだか、肌が不快なの。洗いたくて仕方がないの」

「わかるわ。でもそれは空気の汚れのせいじゃないのよ。乾燥のせいなの。機内の温度を二十五度ぐらいに保つために、エンジンで発生する高温の圧縮空気を膨張させて冷やすんだけど、その過程で水分を除去してる。だから機内は乾燥しがちで、湿度が十パーセント未満に下がることもしばしばあるの。水分が減ると、肌がうるおいを欲するようになる。あなたが感じている不快感は、そのせいでもあるのよ」

しばし沈黙があった。蛇口から流れだす水の音だけが響いている。

「……お風呂に入りたい」と里佳子はつぶやいた。

「そのためには、ここから出ないと……」

ところが、里佳子はふいに嘔吐をもよおしたらしい。洗面台に突っ伏して激しく吐いた。

「無理しないで」美由紀はいった。「落ち着くまで、ここにいていいから」

「ごめんなさい……。迷惑かけてるのはわかってるけど……」

「いいのよ」

「東京の空気は汚そうだし……排気とか、充満してそうだし」

「きょうは風が強いからそうでもないわよ。そのビニールにくるまっているのはどうして？　寒いのなら、毛布のほうが……」

「ちがうの。毛布だと、汚れが染みこんできちゃうから」

「ああ。ビニールなら周囲の汚れが身体につかないわけか。でも、汗はかいてきているでしょ？　早いうちにホテルに入らないと」

「ホテル……遠い？」

「いいえ。近いわよ」

「バスには乗りたくない」

「それも心配いらないの」

クラクションが聞こえた。美由紀は身体を起こして、最寄りの窓の外を覗（のぞ）いた。

機体の下に日産プレジデントが停車している。

米本が窓から顔をだして手を振っていた。

美由紀は里佳子を振りかえった。「ちょうどきたみたい。とっても清潔で高級なクルマよ。ほんの五分ほどのドライブで、いちばん近いホテルに入るから」

里佳子はしばしこちらを眺めていたが、やがてゆっくりと身体を起こし、ビニールを羽織ったままよろよろと窓辺に近づいてきた。

ようやく洗面台から引き離すことができた。

機長や乗務員らが一様に、ほっとした表情を浮かべた。

窓から地上を眺めている里佳子に、美由紀はいった。「どう？」

「わたし……あんないいクルマに乗せてもらうなんて……なんだか悪いし」

「そんなことないのよ。乗客の気分が悪くなったりしたら、症状に応じた対処をするのが航空会社だから。あなたはいま、くつろぐことが大事。ホテルのほうは、もう部屋の用意ができてるのよ。すぐに入浴できるの。そちらに移ったほうがよくない？」

しばらく黙りこくっていた里佳子の頬に、涙がこぼれおちた。

里佳子はささやくように告げた。「すみません。……お願いします」

「よかった」と美由紀も微笑んでみせた。

乗務員が里佳子に声をかける。「それでは、こちらにお進みください。足もとが暗くなってますから、お気をつけて……」

ゆっくり機首へと歩を進めていく里佳子を、美由紀はじっと見つめた。

もう心変わりすることはなさそうだ。少なくとも、入浴して全身の汚れを洗い流せるという希望が存在する以上、移動をためらうことはない。

夫の篠山正平が、しきりに美由紀に頭をさげた。「ほんとに、どうお礼を言ったらいいか……。妻の不潔恐怖症は今に始まったことじゃないんですが、このところはひどくなるばかりで……。よく対処していただきました。こんなにスムーズに妻を説得できた人は、ほかにいません。地元の臨床心理士でもムリだったのに、あなたは妻の気持ちを的確に理解してくださった」

「それはね」美由紀は心のなかに、もやがひろがるのを感じた。「わたしの身近にも、同じ症状の人がいるからよ……」

潔白の証明

羽田エクセルホテル東急のスイートルームは広くて美しく、窓からは東京湾が一望できる最高の客室だった。

離着陸する飛行機が大きく目の前を横切っていくが、完璧な防音が施され、外の喧騒はなにひとつ聞こえない。

到着後、里佳子がバスルームに駆けこんで以降、ずっとシャワーの音だけが響いている。

美由紀は、ソファにうずくまるように座った篠山正平に声をかけた。「たいへんでしたね」

「いえ」篠山はおどおどしながらも、姿勢を正して美由紀をまっすぐに見つめた。「岬先生のほうこそ、ここまでしていただいて、どうお礼申しあげたらいいか……」

「そんなに堅苦しくならないでください」美由紀は笑って、向かいのソファに腰を下ろした。「奥様はいつごろから、あんな症状に……」

「結婚当初は問題ないように見えました。手を洗いにいくことが多かったり、大量の石鹸(せっけん)を買いこんだり、不審な行動もあるにはあったのですが、気になるほどじゃありませんでした。でも一年ほど経ってから、他人が触れた物に触ることを、極度に嫌がるようになりましてね。そのうち、私にも触ることさえなくなりました。服は洗っても、干した後では汚れた空気中の成分が付着しているとかで……毎日、新しい服を卸して着る始末です。それだけでも家計は火の車ですよ」

「篠山さんは、お仕事はなにを?」

「古美術品買い取り業の小さな会社の課長です。本社は山形なんですが、今年から東京支社ができまして、そこに転勤になりました。羽田に飛んできたのも、住む場所を探すためです」

「でも奥様があんな調子じゃ、物件探しも難しいですね。地元の臨床心理士には相談されたようですけど、病院の精神科にも行きましたか?」

「はい。いろいろ指導を受けましたよ。入院して、徐々に慣らしていくやり方、ええと……」

「森田療法ですか」

「そう、それです。けれども、里佳子には通用しませんで……。知人に相談したところ、対症療法じゃなく、原因療法に努めたほうがいいという話も聞きました。なにか彼女にトラウマが……」

「いえ。その説は無視してください。トラウマ論は現在の臨床心理学では非科学的とされてます。抑圧された記憶もなければ、幼少のころの心の傷も無関係です」

「じゃ、どんな理由なんでしょう」

「脳の機能不全というのは、ささいな原因でも起こりえます。先天的な理由かもしれないし、なんらかの出来事がきっかけになっているのかもしれない。いずれにしても、少しずつでも現実に適応していかないことには、里佳子さんの社会復帰への道は閉ざされたままになります」

しばらく時間がすぎた。

美由紀は無言のまま視線を落とした。篠山も沈黙していた。

症状の深刻さをまのあたりにしたばかりだ。安易な提言などできない。

とはいえ、このまま精神状態が不安定な日々がつづくと、ほかの不安障害などを併発する可能性もある。

即効性のある療法は存在しないのがこの種の恐怖症だ。

どのようにすればよいのだろう。

ドアごしにドライヤーの音が響いていたが、やがてそれがやむと、ドアが開いた。

さっきとは違う服に身を包んだ里佳子が、申しわけなさそうに歩みでてきた。

「あ、里佳子さん」美由紀は立ちあがった。「落ち着きました？　どうぞこちらへ」

「どうも……」里佳子はつぶやきながら頭をさげ、ソファに座った。

「綺麗になられましたね」と美由紀はいった。

「ご迷惑をおかけして、すみませんでした……」

「里佳子」篠山が静かに告げた。「やはり山形に帰ろう。こんな調子じゃ東京生活は無理だよ」

「だけど……正平さんの仕事は？」

「上司にいって、山形に留まれるようにお願いしてみるよ」

「……東京で働けないのなら、クビになるかもしれないって……」

「たしかにそう言われたけど、無理なものはしょうがないよ。どうしても駄目なら、別の仕事を見つければいいさ」

静寂のなかで、里佳子は申しわけなさそうにうつむいた。

その目が潤みだし、里佳子は両手で顔を覆った。「ごめんなさい……」

「だから、気を悪くしてなんかいないって。里佳子はいままでどおり、家で専業主婦をしてくればいいんだから」

「でもわたし、掃除もできないし、食事をつくろうにもお野菜にさえ触れないし……」

「そのあたりのことは僕がやるよ。きみは楽にしてくれていれば、それでいいんだよ」

美由紀は黙ってふたりの会話を聞いていた。

重度の不潔恐怖症に相違ない。ここまで極端な症状になると、ほとんど無菌の室内に閉じこもったまま、外には一歩も出ずに暮らさざるをえなくなるだろう。

そのとき、戸口のほうがあわただしくなった。

靴の音が響き、米本の声も聞こえる。駄目ですよ、まだ外で待っていてください。

誰かが強引に踏み入ってきたようだ。美由紀は立ちあがった。

ドアが開け放たれた。

米本の制止を振りきって、ずかずかとこちらに歩を進めてくるのは、皺だらけのスーツを着た中年の男だった。

雀の巣のような髪に不精ひげをはやし、身だしなみには注意を払わないタイプとわかる。

「突然、失礼します」男は野太い声を室内に響かせた。「山形県警察本部刑事部、捜査第一課特殊班係の葦藻祐樹警部補です。篠山里佳子さんにおうかがいしたいことがあって、参りました」

一瞬の間を置いて、里佳子は口もとに手をやった。

「うっ」嘔吐しそうな素振りをみせて、前かがみになった里佳子は、立ちあがってバスルームに駆けていった。

夫の篠山が呼びかけた。「あ、里佳子……。だいじょうぶかい？」

葦藻は眉をひそめ、里佳子を追おうとした。「待ってください」

美由紀は素早く葦藻の前に立ちふさがった。「警部補さんこそ、待ってください」

「なんです、あなたは？」

「臨床心理士の岬美由紀です。いまとなっては、里佳子さんから相談を受ける立場の者です」

「岬さん……？　はて、どっかで聞いた名ですな」

「よくある反応ね。遠路はるばるお越しになって、里佳子さんにはどんなご用？」

「それは彼女に直接聞くつもりですが」

「無理ですね」

「どうして？」

「里佳子さんは不潔恐怖症なんです。葦藻さんと向かいあうことは彼女にとって、不快みたいです」

「失敬な。私は身綺麗にしてますよ。この服は一週間ほど前にクリーニングしたばかりだ。風呂にも毎朝入っているし……」

「イメージの問題なの。髪の毛がちぢれてるところとか、不精ひげとか」

「これは私の個性ですよ。長年、この見た目で過ごしてきてる。妻も苦言を口にしたことはない」

「奥さんはおられないでしょう？　背広の襟もとの染み抜きが放置されてるし、いまのひとことを発した直後だけ、口をすぼめるのではなく、きつく結んでる。眉間に皺を寄せたうえでその口もとは緊張が生じたことを表す。嘘をついたってことよね」

「ああ」葦藻は美由紀を指差した。「千里眼の岬さんですか。のっぴきならない騒動が起きたときに、いつも現れては大活躍されるそうですな。ここでお会いしたということは、あなたもわれわれと狙いは同じで？」

「狙いって？」

「西村山郡大江町付近の山火事について、篠山里佳子さんが関わっているとみてるわけでしょう？」

困惑を伴う沈黙が降りてきた。

米本が割って入った。「警部補さん。岬先生は、ただ私がお呼びしただけです。里佳子さんが飛行機のなかで、ちょっとしたトラブルを起こされたので……」

「ほう」葦藻の目が鋭く光った。「それは興味深いですな。山火事の次には旅客機でトラブルとは」

美由紀はいった。「待ってください。山形で大規模な山火事があったことはニュースで知りましたけど……。里佳子さんとどう関わりが？」

「おや？　ご存じないんですか。千里眼であられるのに」

わずかに軽蔑の響きがこもっているように感じられる。美由紀はむっとした。「べつに、なんでも見通せるなんて主張したことはないですけど」

「山火事は放火の疑いがありましてな。実行犯とみられる容疑者は、すでに身柄を拘束されています。そして篠山里佳子さんは、その犯行に関わりがあるとみられています」

篠山正平が戸惑いがちに立ちあがり、葦藻に近づいていった。「そんなことがあるわけない。妻はけさ、空港に行くまでずっと私と一緒だったんですよ」

「妻……といわれると、あなたは旦那さんですか。篠山正平さんですな。ちょうどよかった。あなたにも聞きたいことがある」

「なんですか。西村山郡なんて、何年か前にいちどクルマで通りがかっただけですよ。妻に至っては、結婚後いちども足を踏みいれていないはずです」

「あなたがそうおっしゃっても、警察としては……」

「いいえ」美由紀は口をさしはさんだ。「篠山さんは嘘をついていません」

葦藻は面食らったようすで押し黙った。

篠山も米本も、呆然と美由紀を見つめている。

やや唐突に思えたらしい。美由紀は説明した。「そのう、わたしにはわかるんです。表情を見れば、その人の感情が……。うまく説明できないけど、篠山さんは真実を語ってます」

ため息とともに葦藻がいった。「あなたは千里眼じゃないと、ついいましがた告白なったはずだが」

「ええ。でもいまの篠山さんの感情については、はっきりと読みとれたんです。里佳子さんについても同様です。不潔恐怖症の症状はまぎれもない事実であり、彼女はそのことにひたすら困惑を覚えています。犯罪なんかに手を染める人じゃありません」

「あなたの弁護は筋が通ってませんな、岬さん。われわれ刑事にしても、高い検挙率を誇っている者だからといって、その発言が無条件に受けいれられるわけじゃないんですよ。あなたも同じだ。千里眼の岬美由紀さんが違うと言ったから、彼女は容疑者じゃない。そんなこと報告書に書けると思いますか?」

「それは……たしかに無理でしょうけど……」

「とにかく、里佳子さんには現地に同行していただき、任意で事情を聞きたいところなんですが」

「現地？」篠山正平はきいた。「山火事の起きた近辺ってことですか？」

「むろん、そうです」

「葦藻さん」美由紀はいった。「あれだけの山火事が起きたなら、周辺の町にも灰が降り注いで、煙がたちこめ、悪臭も鼻をつくでしょう。里佳子さんがそれに耐えられるとは思えません」

「そうおっしゃられてもね。旦那さんのほうはどうです？　あなたにも来ていただきたいんですが」

「……私はかまいませんが……。できれば妻は、少なくとも症状が落ち着くまではそっとしておいてほしいんです。こんな話を聞いたら、どれだけ怯えるか……」

　美由紀は葦藻を見つめて告げた。「わたしが行きます。出発前に里佳子さんに話を聞いておき、現地で彼女の代わりに質疑に答えます」

　葦藻は目を丸くしたが、すぐにまた猜疑心に満ちた視線を向けてきた。「客観的な立場でご協力願えますかな？　弁護士以外の人間が容疑者をかばうのは、法的に問題があることですよ」

「もちろんです。真実をありのままに伝えます」

　ふうん、と葦藻は腕組みをした。「午後の便でさっそく飛んでいただくことになりますが、よろしいのですか」

「ええ。スケジュールの調整はつけます。葦藻さんのほうも、出発までに準備をお願いします」

「準備？　なんのことですか」

「里佳子さんは同行しませんが、今後のことを考えれば、あなたも顔をあわせて直接話したいでしょう。理髪店に行って、髪を整え、髭をそり、スーツも新品のものを購入してください。色は清潔にみえる明るいものがいいです。靴も磨いて光沢をだしてください」

「ちょっと待った。私にそんなことをしろと？　勤務中に経費でそんなことは……」

「わたしの友達に美容室を経営している人がいますから、すぐに美容師を寄越してくれるようにお願いしておきます。米本さん、シングルの部屋をとって、そこで葦藻さんに身支度してもらって。ホテル側の許可を得るのも忘れずに」

「心得ました」米本は葦藻をうながした。「さあ、警部補さん。いきましょう」

「ああ……しかし……」葦藻は戸惑いながらも、身綺麗になることにまんざら関心がないわけでもなさそうだった。

　さほど抵抗する素振りも見せず、葦藻は米本に引きずられて戸口の外に消えていった。

「岬さん」篠山正平は、初めて飛行機のなかで顔をあわせたときと同様に、おどおどした表情を浮かべていた。「どうしたらいいのか……。私にはまるで寝耳に水で……」

　本気で当惑しているのがわかる。

　その言葉に偽りはないと美由紀は感じた。篠山夫妻にとって、これは濡れ衣以外のなにものでもない。

「不安な気持ち、お察しします。でもだいじょうぶですから」美由紀はそういって、バスルームに向かった。

　ドアをノックして、ゆっくりと開ける。

　すでに入浴を終えていたらしい。バスローブに身を包んだ里佳子は、鏡の前に座って身を震わせていた。

　里佳子の怯えた目が、美由紀を見つめてきた。里佳子は震える声でつぶやいた。「岬さん……。わたし、放火なんてしてない……」

　会話を聞いていたのだろう。

　美由紀は歩み寄って、里佳子に微笑んでみせた。

「わかったわ。いまこの瞬間にわかった。あなたに偽りの感情はない。だからあなたの言葉は真実。つまり無実よ。わたしはそう信じる」

「……ありがとう。だけど……」

「警察のことなら、心配しないで」美由紀はいった。「わたしがあなたの潔白を証明する。忘れないで。真実は確実に伝わるものなのよ」

反時計まわり

その日の午後二時すぎ、美由紀は覆面パトカーの後部座席におさまり、窓の外に流れる山形県西村山郡の田園地帯を眺めていた。

道路沿いには家屋が建ち並んでいるものの、それ以外は田畑が果てしなくつづく平野部だった。

地平線の果てには山が連なっている。けさニュースがつたえていた減楽山と祠堂山は、一見してすぐに判別できた。それらふたつの山全体が無残に焼け落ち、黒ずんだ煤(すす)のなかにむきだしの土を晒(さら)している。ようやく鎮火には至ったようだが、くすぶっている箇所があるのか、消防車のサイレンが聞こえる。

黒煙はまだ噴火のように上空を漂っていた。窓を閉めていても、強烈な匂いが鼻をつく。なんとも形容しがたい悪臭だった。

「ひどい火事だったみたいね」美由紀はつぶやいた。「けが人は……」

「ゼロです」助手席の葦藻が振りかえっていった。「報道にもあったとおり、住人のいない国有地でしたからな」

美由紀の隣りに座っていた篠山がため息をついた。

「ありえないよ」篠山は告げた。「なぜ妻がこんなことをする？　この一帯に関わりなんて、まるでないのに」

「ええ、篠山さん。わたしも同意見よ」

「あのう、岬さん。……あなたは相手の顔を見るだけで、心のなかが読めるそうですが」

「……いえ。そうでもないですけど。それがなにか？」

「僕の顔を見ていただきたいんです。僕がいまから口にする言葉に、嘘偽りがないことを知ってほしいんです」

「なにもそんなことしなくても。わたしはあなたと奥さんを信じてるのよ」

「それだけでは不安で、きちんとした返事をいただきたいんです。いいですか、言いますよ。妻は、放火なんかしていない。関わってもいない。里佳子はまぎれもなく、潔白です。……どうですか」

「ええ」美由紀はうなずいてから、微笑んでみせた。「嘘をついている人がわたしと目を合わせて、眉を上げずにいられるわけがないから。百パーセント信用してる」

「眉？」と葦藻がきいてきた。

「恐れを感じると、眉が上がって中央に寄りがちになります」

「ほう。それがほんとなら、容疑者の嘘はたちどころに見破れますな」

「いえ。すべての人とはかぎりません。不随意筋ではないので、意識的にその動きを抑制することも可能ですので」

「それじゃ確証は得られないわけですな」

「でも、同時に唇が左右に引っ張られがちになるのを抑えるのは至難の業です。とにかく、わたしにはわかるんです。篠山さんは嘘をついてません」

ふんと鼻を鳴らし、葦藻は前に向き直った。「うらやましいですな。あなたひとりには真実が見えているってわけだ」

篠山は困惑したようすで美由紀を見つめてきた。「刑事さんは信じてないみたいです」

「いいのよ」美由紀はささやいた。「わたしはあなたと奥さんの味方よ。そのことだけは覚えておいて」

そのとき、葦藻が声をあげた。「さあ、着きましたよ」

クルマが減速する。美由紀は前方を見やった。

そこは田畑ばかりがつづく一帯にあって、唯一の栄えた区域のようだった。

交差点を中心に店舗が密集している。

米の販売店、トラクターの修理請負業者、雑貨店、コインランドリー、郵便局。どの店も年季が入っている。

そのなかで、素朴な平屋建ての軒先にあるタバコ屋に、クルマは擦り寄って停まった。赤い公衆電話が店先に据え置かれている。いまどきめずらしい、昭和そのものの風景だった。

葦藻が車外に降り立ちながらいった。「けさ早く、まだ日が昇らないうちに、里佳子さんはタクシーでここに来ましてね」

「タクシーで?」篠山がドアを開けながら目を丸くした。「そんな馬鹿な。里佳子はけさ九時ごろ起きたんです。外出したはずはない」

「そう言いきれますかな。あなたも日が昇る前はぐっすり眠っていたんでしょう? 里佳子さんがこっそり家を抜けださなかったと、どうして言えるんです?」

美由紀はクルマから外にでて、葦藻にたずねた。「里佳子さんがここに来たっていう根拠は?」

「この店の主(あるじ)の証言です」葦藻はタバコ屋の窓口をノックした。

ガラスが開いて、八十歳を超えているとおぼしき男性が顔をのぞかせた。「ああ、刑事さん。けさはどうも」

「どうも。また話をうかがいに来ましたよ。おじいさん、朝の四時ごろ、怪しい女がこの赤い公衆電話を使用していたそうですね？」

「ああ、そうなのかい？」

「いや、あのう……。おじいさんがそう証言してくれたじゃないですか。不審に思って、通報したと……」

「そうそう、通報はしたよ。ああ、そうだった。朝方、早くに目が覚めたんで、棚の整理でもしようと思って……店のほうに行ったら、女の人が話す声がきこえた。で、窓からちょっと覗いてみたら、タクシーが停まってて、若い女の人が電話かけてた。ここで、な」

篠山は顔をしかめた。「それが里佳子だっていうんですか？　彼女は不潔恐怖症で、公衆電話どころか自販機のボタンに触ることもできないんです。受話器を耳にあてるなんて、とても……」

葦藻は首を横に振った。「里佳子さんがここで電話をかけたのは明確な事実でしてな」

美由紀は葦藻にきいた。「店主さんが顔を見たんですか？」

「いいえ。暗かったんで、おじいさんはご覧になっていないようで……」

「じゃあ、受話器から指紋でも採取したとか？」

「そんなことはしませんよ。ここが現場っていうわけじゃないんで」

だが、葦藻の表情からは欺瞞は感じられない。なんらかの確証を握っていることはたしかなのだろう。

「おじいさん」美由紀は公衆電話に歩み寄った。「この電話、きょう誰か使いましたか」

「いやあ、誰も使っておらんな。そもそも、ここ何年ものあいだ、十円玉一枚入っておらんからな。けさの女の人が数年ぶりの電話だったわけで」

「その怪しい女が電話をし終えた直後と、同じ状態のまま保たれているわけですね」

「そういうことになるかな」

美由紀は受話器をとった。そのコードに触れて、ねじれ具合をたしかめる。

「やっぱり里佳子さんじゃなかったと思うんだけど。葦藻さん、これ見てください。コードが反時計回りにねじれてるでしょ？　女は受話器をまず右耳にあてて、それから左に持ち替えたの」

「それがなにか？」

「受話器っていうのは、ふつう利き耳に当てるものよ。里佳子さんの利き耳は左だった。それならコードは逆方向にねじれるはず」

葦藻がじれったそうにいった。「コードをねじったのが里佳子さんだったとは限りませんよ。以前からねじれてたのかも……」

タバコ屋の主人が口をはさんだ。「そりゃないな。使う人がいなくても、私は毎晩、店じまいの前にその電話も雑巾できちんと拭いとる。受話器も外して、念入りにな。コードも絡んだりせんように、ちゃんと直しとる」

「おじいさん。あのね、おじいさんはそう思ってても、勘違いってこともあるし……」

ふいに老人は憤りのいろを浮かべた。「私が耄碌しとるとでもいうんか？」

「いや、けっして、そういうわけでは……」

「葦藻さん」美由紀はため息とともにいった。「都合のいい証言以外は、勘違いだっていうんですか？」

「そのう……」葦藻はばつの悪そうな顔で頭をかいたが、すぐに真顔に戻った。「しかし、明確な証拠があるんです。里佳子さんはけさ、ここから放火の実行犯に指示を送った。それは揺るぎようのない事実なんでね」

冥王星

山形県警の科学捜査研究所は、警察本部と隣接する建物のなかにあった。X線マイクロアナライザや、ガスクロマトグラフ質量分析計などの鑑定用機器が並ぶなかで、白衣姿の研究官らが粛々と立ち働いている。

美由紀は葦藻の案内で、その施設の一角に導かれていた。

篠山は不安そうに辺りに視線を配っている。美由紀は篠山に、心配しないでと目で訴えた。

「さて」葦藻がひとつの機器を指ししめした。「これは音声分析用の機器でしてね。あらゆる声紋を割りだすことができるんですが、機械に頼るよりもまずは、旦那(だんな)さんに聞いていただくのがわかりやすいでしょう」

葦藻が白衣の男に目配せすると、その男がボタンを押した。

スピーカーから音声が流れだす。

ずいぶんノイズが多い。

クルマのエンジンのような音も、ひっきりなしに響いている。

と、女の声が流れた。「里佳子です。ただちに実行していただくよう、お願いします」

ガチャンと電話が切れる音。

留守番電話の録音らしく、合成音声が時刻を告げていた。午前四時三十二分です。

美由紀は篠山を見た。篠山も、呆然とした顔で美由紀を見かえした。

「いかがですかな」と葦藻がきいてきた。

「……ええ」篠山は神妙にうなずいた。「妻の声に、間違いありません」

葦藻は美由紀に視線を向けてきた。「岬さん。どうですか」

「たしかに……。里佳子さんの声だとは思いますけど……」

「結構。放火の実行犯とされる容疑者宅から押収した留守番電話に、いまの録音がありましてな。容疑者はこの電話を受けた直後に外出した。クルマで出かけるのを新聞配達員が目撃してます。この電話は、放火を実行する合図だった可能性がきわめて高い」

「どこからかかってきた電話か、特定できてるんですか？」

「もちろん。だからさっきのタバコ屋の前にお連れしたんです。捜査本部からＮＴＴに事情を伝え、大規模な火災に至った放火事件ゆえに捜査協力を求めたところ、裁判所からの開示請求なしにデータを提供していただけましてね。放火された山全体が見渡せる、あの西村山郡の赤電話からだったんです。時刻も、ぴたり同じです。声紋分析はこれからですが、容疑者も里佳子さんの名を口にしてましてね。われわれが怪しいと思うのも当然でしょう?」

美由紀は押し黙るしかなかった。

あの里佳子が放火に関わっていた。それも、不潔恐怖症で触れることもできないはずの公衆電話の受話器を握り、指示を送っていた。

そんなことがありうるだろうか。

いや、ありえない。美由紀は思った。どんなに疑わしい証拠が揃っても、わたしは里佳子がどんな人間であるかをこの目で見た。

彼女と、ここで里佳子とされる犯人像は、決して結びつくことはない。まるで別人だ。

もしや多重人格障害か。

けれども、ほかの人格に成り変わったとき、不潔恐怖症までもが鳴りを潜めるとは考えにくい。

「葦藻さん」美由紀はいった。「ノイズがずいぶん多かったみたいですけど。クルマのエンジン音とか……」

「ああ、あれは、背後に停まっていたタクシーでしょう。アイドリングしてたんでしょうな」

「なにか声みたいなものも混じっているように思えたんです。ふつうの会話じゃなく、プロのナレーターとか、アナウンサーの声みたいなものが」

「はて？　そんなものが聞こえたかな。まあ、電話なので混線することがあるかもしれないし、タクシーが窓を開けていて、カーラジオが聞こえていたのかもしれないですな」

「里佳子さんの声自体も、かなりくぐもっていた気がするんですが。録音ということは考えられませんか？」

「というと？」

「タバコ屋の前で電話をかけた女が、ＩＣレコーダーとかそういう小型の機器を持ってて、それで里佳子さんの声を再生したとか」

「そんなことは……」葦藻は顔をしかめて、白衣の研究官を見やった。「ないんだろ？」

「いえ」研究官は真顔で答えた。「まだそこまでは分析できていません。西村山郡の公衆電話から容疑者宅の留守番電話に繋がった際、どのていどのノイズが発生するのか、まだ確認できていないからです。音声の周波数もどのように変容するのか、検証してみなければあきらかにできません」

光明が投じられた。美由紀はきいた。「録音でないとは、まだ断定されてないんですね？」

「岬さん」葦藻はうんざりしたようにいった。「仮にこれが録音だったとして、別の女はどうやって里佳子さんの声を利用できたってんです？」

「尾(つ)けまわすなり、話しかけるなりすれば、これぐらいの声を録音するのは造作もないでしょう。里佳子さんの声は、放火しろと具体的な指示を告げてはいません。なんの関係もない場所で、偶然に口にした言葉のなかから、さも犯行の指示のように思える一節を抽出して利用した可能性があります」

「そんな偽装工作がどうして必要だったっていうんです。憶測が過ぎますよ」

「そうでしょうか」美由紀は研究官を見た。「里佳子さんの声の背後に聞こえているノイズを、もっと明瞭(めいりょう)にできませんか」

研究官は葦藻に目でたずねた。葦藻が渋々といった顔でうなずくと、研究官はイコライザーの調整に入った。

音声が繰りかえし再生される。

里佳子です。ただちに実行していただくよう、お願いします。里佳子です。ただちに実行していただくよう……。

しだいに雑音が大きく聞こえるようになってきた。そこに混ざって、別の女の声がたしかに聞こえてくる。

篠山が驚いたようすでいった。「なにか聞こえる。岬さんが言ったとおり、アナウンサーみたいな喋り方だ」

葦藻が片手をあげて篠山を制した。

眉間に皺を寄せて、葦藻は研究官にきいた。「もっとはっきり聞こえるようにできるか」

「はい」研究官は作業をつづけた。

音声が反復されるたびに、その謎の声は大きくなっていく。

アナウンサーというより、バスガイドの喋り方に似ていた。

……太陽系の……惑星が……。そう告げていた。

やがて、聞き取れる部分の全容があきらかになった。

「……動向と、太陽系の八つの惑星が……」

研究官は首を横に振った。「これ以上は無理ですね」

と、篠山がぽんと手を打っていった。「種子島だ。宇宙センターだよ。五年前に旅行で行ったときの声だ」

「五年前？」と葦藻が眉をひそめた。

「そう。まだ里佳子は不潔恐怖症でもなかったし、僕らはよく旅行に出かけてた。ツアーの途中で種子島宇宙センターの見学コースに入ったんです。たぶん、そのときの施設内のアナウンスだよ。よく覚えてないけど、たぶんそうだと思う」

美由紀は篠山にたずねた。「そのとき、同行してた人は？」

「いや、僕らはふたりだけだったけど……見学コースには大勢の人がいた。団体ツアー客がほとんど一緒に行動してて……誰がいたのかは、ちょっと思いだせないな……」

葦藻が咳ばらいした。「篠山さん。まあ、五年前の話はどうでもいいでしょう。私があなたにお尋ねすべきことが、これではっきりしました。去年の八月二十四日以降、その宇宙センターとか、それに類するところに奥さんと出かけましたかな？」

「去年？……いいえ。ここ一年のあいだは特に、里佳子の不潔恐怖症がひどくなったので……。里佳子は外にでることが、ほとんどできない状況でした。たまに外出するときにも、僕が付きっきりでしたし、出先でも彼女はたいていクルマのなかに留まってました」

「だとするなら、真実はふたつのうちのひとつですな。あなたが嘘をついているか、それとも里佳子さんがあなたをだまし、あなたの関知しないうちに出歩いているんでしょう」

篠山は強烈な衝撃を受けたらしく、目を見張って凍りついた。

美由紀は、言葉を失った篠山の代わりにいった。「葦藻さん。いったいどこからそんな邪推が導きだされるんです。篠山さんは……」

「おっと、彼は嘘をついていないんでしたな。それが千里眼であるあなたのご意見なわけだ。しかし、それならば疑わしきは里佳子さんだけということになります。不潔恐怖症というのは、アリバイづくりのための偽装だったかもしれませんよ」

「とんでもない。あなたは不安障害を軽視してるし、臨床心理学そのものも曲解してる。彼女の症状を疑う前に、あなたの断定的な物言いを慎まれたらどうですか」

「あいにくわれわれは人を疑うのが仕事でして。この里佳子さんの録音が一年以内に録られたものだというのに、旦那さんは五年前の旅行の話を持ちだす。きわめて不自然だと、こう思ったわけです」

「一年って、どうしてそう思うんです？」

「岬さん。録音を聞いたでしょ？　太陽系の八つの惑星、ナレーションはそう告げている。しかし二〇〇六年の八月二十三日までは、太陽系には九つの惑星があったんです。二十四日に冥王星が惑星から除外された。たしか国際……ええと……」

「国際天文学連合」と美由紀はいった。

「そう、その団体によって、小惑星かなにかに格下げになった。この録音は最近のものです。いや、録音ではなく、やはりタクシーから漏れ聞こえたラジオだったのかもしれない。

公衆電話をかけたのが里佳子さんである可能性は、依然として揺るぎませんな」

篠山がつぶやいた。「そんな……」

美由紀はしばらく無言のまま、思考をめぐらした。

この葦藻という警部補は、たしかに頭の回転は速いほうではあるが、いささか結論を急ぎすぎる傾向がある。

わたしが篠山夫妻に偽りはないとどれだけ主張しても、まるで聞く耳を持たない。物証がなくても、それは真実の叫びにほかならないというのに。

「ねえ、葦藻さん」美由紀は告げた。「リビングルームのテレビが突然消えて、停電かもしれないと思ったけど、でも明かりは点いているから、テレビの故障だと結論づけた。あなたの推測はそのていどに思えるの。でもそれは、先走りすぎかもね。もしかして、猫がリモコンのボタンを踏んだだけかも」

「ほう」葦藻はすでに勝ち誇ったかのように腕組みをした。「室内に猫がいないことは、充分に確認済みです。それが私のスタンスですが」

「ああ言えばこう言う、ね。よくわかったわ」美由紀は研究官に目を向けた。「音声を繰り返し再生してください」

「これ以上、明瞭にはできませんが」

「そのままでいいの。お願い」美由紀は目を閉じた。

再生が始まる。

……動向と、太陽系の八つの惑星が……動向と、太陽系の八つの惑星が……。

耳をすまし、聴覚に集中する。

聞き取ろうとするのは、その前後の声だ。

ナレーションの声。そのトーンを頭に刻み、あとは自発的に注意が喚起されるのを待つ。

雑音のなかにかき消された声、それを選択的注意によって漉して取りだしていく。

機械ではこれが限界だった。しかし、人は現在のところ、五感においては機械より一歩先をいくものだ。

それが人の可能性だ。

そう思ったとき、聴覚がとらえた。

いままで認識していたよりも、一瞬早くナレーションの声が始まっていることに気づいた。

コウ動向と、太陽系の八つの惑星が……。コウドウコウと、太陽系の八つの惑星が……。

美由紀は目を開いた。

「黄道光だわ」美由紀はつぶやいた。「葦藻さん。真実はあなたの主張とは正反対よ。篠山さんの言うとおり五年前の録音の可能性がある。そして、一年以内のものではない」

葦藻の顔がこわばった。「なぜそんなふうに……」

「黄道光と太陽系の八つの惑星、ナレーションはそう言ってるの。黄道光ってのは天球上の黄道に沿って帯状にみえる明るい部分、つまり地上からの天体観測で確認できるものなの。地球からの観測という前提上、太陽系の惑星として挙げられるものは地球以外の惑星。それらが八つということは冥王星が数に含まれてる。これは去年の八月二十四日より前に録音されたことを表してるのよ」

室内はしんと静まりかえった。

ほかの分析に従事していた研究官までもが動きをとめ、こちらを見ている。

それらの視線に晒(さら)されながら、葦藻は愕然(がくぜん)とした顔で立ち尽くしていた。

「い……一年よりも前？」葦藻は目を白黒させていた。「じゃあ、これはやっぱり録音……？」

「警部補さん」美由紀は語気を強めていった。「真実がこうであると断じることは、重い責任を伴うものよ。容疑者を確保できた以上、その裏づけ捜査を急がねばならないと考えることは間違ってはいない。でも、答えは最後に導きだされるものであって、初めにありきじゃないわ。人を疑うことが仕事だっておっしゃったけど、信じることも警察の仕事でしょ？　本当に苦しんでいる人が誰なのか、冷静になれば見えてくるはずよ」

しばらくのあいだ、葦藻は黙って美由紀を見つめかえしていた。

篠山はかすかに目を潤ませながら、葦藻に抗議の視線を向けている。

葦藻は篠山をちらと横目で見た。それから頭をさげてつぶやいた。「すみません……。どうにも、先走ってしまったようで……」

また沈黙が室内を包んだ。

捜査の方向性は、いま大きく転換した。関係者の気持ちが切り替わるまで、しばし時間を要するだろう。

「しかし」葦藻は神妙な顔でささやいた。「偽装だとすると……。里佳子さんから指示を受けたという、容疑者の自白の信憑性は……」

「その疑問には」美由紀はいった。「すぐに答えをだせるでしょう。容疑者に会わせてもらえませんか？　なんなら、ひと目顔を見るだけでもいいんですけど」

酸素

表情筋の読み方を学んで以来、美由紀は瞬時に相手の感情を知るようになった。

それでも、感情とは複雑なものだ。

あるひとつの思いが生じても、ほんのわずかな時間しか持続しなかったり、ほかの感情と混ざっていたり、そもそも本人が自分の心に相反する感情を生じさせていることさえある。

感情が読みとれたからといって、真意があきらかにならないことはざらにある。

だが、その一方で、あっけないほど即座に、相手の心の内を見透かしてしまうケースもしばしばあった。千里眼というあだ名は、そうした状況において誰かが言いだしたものかもしれない。

美由紀が取調室に足を踏みいれたとき、まさしくその瞬間は訪れた。

容疑者の名は竹原塗士(たけはらりょうし)と聞かされていた。

二十代半ばぐらいのひょろりと痩せた男で、金髪を肩まで伸ばし、ヒョウ柄のシャツを着て、脚を投げだしてパイプ椅子に腰かけていた。

精一杯悪ぶっているであろうその青年の顔を見たとき、なにもかもが明らかになった。

美由紀は無言で踵をかえし、取調室を出ようとした。

「おい」竹原が呼びとめた。「なんだよ。俺になにか用かよ」

足をとめて美由紀は振りかえった。「ええ。でも、もう済んだわ。だから出てくの」

「あ？　ふざけんなよ。誰だよあんた。婦人警官？」

「適切な呼び方じゃないわね。あなたが言わんとしている職業は、女性警察官って呼ぶべきよ。でもわたしはそうじゃないの。臨床心理士。つまりカウンセラー」

「ああ。俺の精神鑑定とか、そういうやつか。俺はな、どこも悪くねえし……」

「ええ。そうみたいね。ついでに放火もやってない。自白はぜんぶ嘘」

「おい！　……そりゃいったいどういうことだよ。ふざけてんのか」

「いいえ。葦藻警部補の話だと、あなたって山火事の直後に自首してきたんでしょ？　犯行を果たしたうえで生じる後悔の念か、罪を受けようとする意識、あるいは喪失感、虚無。いずれもあなたのなかになくて、ただ演技をする人間に特有の緊張と虚勢があるだけ。さっぱりお話にならない。時間の無駄だから、もう行くね」

「ちょ、ちょっと待てって！」竹原はあわてたように腰を浮かせた。「そんなこと言っていいのかよ。俺はほんとに火をつけたんだぞ。犯人を野放しにしていいのかよ。おまえの責任になるぞ」

「結構よ。事実は事実だし」

「なあ。おい。おまえ、美人だからって何言っても許されると思うなよ。俺がやってないっていう証拠でもあんのか。おまえがそう言ってるっていうだけで、みんながそれを信じてくれると思ってんのかよ」

美由紀はかちんときて、竹原をにらみつけた。

またこの物言いか。

真実を見通せてしまうという技能は、他人の感覚とは大きな隔たりを生む。こちらにとっては揺るぎない事実でしかないのに、相手は証拠証拠といつまでも食いさがってくる。

ため息をついて美由紀はいった。「いいわ。それじゃ聞いてあげる。火元は滅楽山と祠堂山のあいだに広がる森林ってことだけど、そこまでどうやって行ったの？」

「ボートを漕いで川を下ったんだよ。あの渓谷には川が流れてるからな」

「それ、ニュースで報じられてたから知ってるだけでしょ」

「馬鹿いえ。自分のやったことだからよくわかってんだよ」

「じゃ、どうやってふたつの山のちょうど中間地点だってことを察したの？　そこを狙って火をつけたみたいだけど」

「それはだな、ええと、橋だ。ふたつの山には橋がかかってた」

「点火地点は橋より手前でしょ」

「だから、ボートを漕いでいって、橋が見えてきたところで降りて……」

「ボートを漕いでたのなら進行方向に背を向けてたはずね。それでも橋が見えたの？」

「いや、だから、それはおおまかな勘を働かせたんだよ。俺はあの辺りには詳しいんだ。よくキャンプとかしたからな」

「どうやって火をつけたの？　一気に燃え広がったみたいだけど」

「森のなかに灯油を撒いたんだよ。ボートに灯油缶を山ほど積んでったからな。ほら。この両手のにおいを嗅いでみろ。灯油のにおいが染みついて、とれやしねえ」

「灯油ね……。灯油はたいして燃えないから、放火はできないんだけど」

竹原が凍りついたように押し黙った。

「できない？　灯油が？」と竹原がきいてきた。

「ええ。説得力を高めようとして、灯油のにおいを両手につけてきたわけ？　この季節にストーブでもいじってきたんだろうけど、放火犯の決め手にはならないわね」

「あ……あの……。ああ、そうだ、ガソリンだ。俺がボートに積んでったのはガソリンだ。間違えてた」

「その灯油のにおいは？　ガソリンとはあきらかに違うけど。関係ないの？」

「これはべつに、どうでもいいんだよ」

「ガソリンで放火したなら、自分も火傷するけど」

「……ほんとかよ？」

「ええ」

「……そこを、だな。俺の場合は、火傷しないように慎重に……」

「できない。あなたの手で点火したのなら、絶対に火傷する」

沈黙が降りてきた。竹原にとっては気まずい沈黙に違いない。

額からとめどなく流れ落ちる汗をぬぐいながら、竹原はしきりに目を泳がせている。なにか言おうとするが、言葉にならないようすだ。

「竹原君」美由紀は冷ややかな気分でいった。「灯油のにおいは、サラダ油をたっぷりと手にもみ込むようにして、それから石鹸で洗い流せばすっかり落ちるから。ためしてみるといいわ」

「……あ……その……」

「それとね。放火犯が点火の際に用いたのはガソリンじゃなくて、おそらく登山に使う酸素ボンベなの。広範囲の木々に一気に燃え広がらせるには、ボンベを全開にして、その周辺の酸素濃度を二十パーセントにまで高めて……」

「ああ！」竹原は汗だくになりながらも、大きくうなずいた。「よくわかったな。さすがだ、褒めてやる。俺はな、おまえをテストしたんだよ。警察がどれだけわかってるか気になってたんでな。俺がやったのはその方法だよ」

「やっぱり？　二十パーセントまで酸素濃度を高めて、そこにマッチを投入すれば一気に……」

「そうそう、二十パーセント。で、一気にブワッと燃えるわけだ！　ありゃ壮観だった。すげえ迫力だった」

「……あのね。二十パーセントは、ふつうの空気中の酸素濃度。一瞬で燃えあがるには三十パーセント以上が必要なの」

また静寂が辺りを包んだ。

今度は、どこか肌寒さを伴う静けさだった。

竹原の顔面から血の気がひいた。

こわばった顔でつぶやきを漏らす。「き、汚ねえ……」

ドアが開いた。

葦藻が、苛立ちと当惑の入り混じった顔で室内に足を踏みいれてきた。

ばつの悪そうな素振り。見当違いの容疑者を逮捕してしまったことがあきらかになったのだ、それも当然だった。

葦藻は美由紀に頭をさげてきた。「いろいろとお手間をとらせまして……」

「おい、警部補さんよ」竹原が震える声で告げてきた。「そんな女の言うこと、真に受けるなよな。俺は放火を……」

「だまれ!」葦藻は紅潮した顔に憤りをあらわにした。「でたらめな自白で捜査をかく乱するつもりか。どんな意図があって虚言を働いたか、理由を聞かせてもらおう」

「な……」竹原は怯えたようすで、へらへらと笑った。「そんな熱くなるなって。いろいろとさ、事情ってものもあるしさ……」

「虚偽を認めるんだな」

「だから、怖い顔すんなって。そのう……俺、借金がちょっとかさんでてさ。帳消しにしてくれる代わりに、自首してくれって頼まれたわけよ。ほら、よくあることだろ。組の幹部とかがやらかしたときとか……。代理だよ」

「チンピラめ。誰に頼まれた」

「それは、言っただろ。篠山里佳子って女だって」

「とぼけるな」

「そこは本当なんだよ。火をつけたのは俺じゃねえ。けれど、自首すれば借金の面倒みてやると言ってきたのは里佳子なんだ。心配しなくても、一日以内に保釈金積んで釈放してくれるって言ってた」

　美由紀は竹原にきいた。「里佳子さんと知り合いなの？」

「ああ。いや、正確にはどうかな……。ネットを通じての知り合いでさ。互いに顔をつきあわせたことはねえんだ。どっかの家具屋で働いているってことは知ってるけど。留守電で初めて声を聞いたありさまでさ。けさの留守電」

　葦藻がたずねた。「放火じゃなく自首しろっていう合図だったわけか」

「そうそう。だから俺、里佳子についちゃそれ以上のことは知らねえし……。放火ってのもまさか、あんなにでかい話とは思ってなかったんだよ。せいぜいボヤ騒ぎぐらいの話と思ってた。誓うよ。俺はなにもしてねえ」

　ため息をついてから、葦藻が美由紀を見つめた。竹原の言葉の真偽について、目でたずねてきている。

美由紀はうなずいてみせた。竹原がいまこの瞬間、嘘をついていないことだけはあきらかだ。

「竹原」葦藻は怒りのいろを浮かべていった。「おまえみたいなろくでなしは、余罪も叩けば叩くほど出てくるってもんだ。たっぷりひと晩かけて締めあげてやるからな。覚悟しとけ」

「……どうかお手柔らかに頼むよ。俺はしがないチンピラでさ……」

葦藻の合図とともに、刑事が何人か取調室に入ってきた。

美由紀は入れ替わりに廊下にでた。

捜査の行方に関心はない。

少なくとも、これ以上無駄な時間を費やさずに済むことは喜ばしかった。

廊下に歩を進めていくと、長椅子に腰掛けていた篠山正平が美由紀に気づいたようすで、立ちあがった。

あいかわらず不安そうな顔で篠山がきいてきた。「どうだったですか？」

「正体不明の女が里佳子さんの名を騙って、竹原を放火の実行犯に仕立てあげた。公衆電話からの通話は過去の里佳子さんの声を録音したものに違いない。よって、里佳子さんの濡れ衣はほぼ晴れたも同然ね」

「そうですか……。ほっとしました。でもその女というのは？」

「警察の捜査に期待するしかないわね。あなたと里佳子さんの五年前の旅行で、種子島宇宙センターに居合わせたほかのツアー客とか、従業員とか……。里佳子さんの名前を知ったうえで、その声を録音できた女ってことになるかしら」

「当時の記録が残っていればいいんですが、たしか見学コースは写真撮影禁止だったような……。防犯カメラの映像でも保存されていれば……」

「たぶん無理ね。五年も前の映像だし……。けれど、これでひとまず里佳子さんに安堵の日々が訪れると思うの。警察が参考人として事情を聞きにきても、これまでのように容疑者扱いというわけじゃないだろうから、精神的にも追い詰められることもないし」

「ですね。本当にありがとうございます、岬さん。なんとお礼を申しあげたらいいか……」

「いいえ。篠山さんもご立派でしたよ。今後は、すぐに山形に戻るよりは、東京でしばらく落ち着かれたほうが……」

　そのとき、あわただしい靴音が廊下に響いた。複数の人間が階段を駆け降りてくる。

　スーツ姿の男が三人、廊下に姿をみせた。

　こちらに目をとめ、駆けてくる。その先頭は、国土交通省航空局の米本だった。

「岬さん。篠山さん」米本は血相を変えて走ってきた。息を弾ませながら怒鳴った。「すぐに東京にお戻りください」

面食らって美由紀はきいた。「どういうことなの？　どうしてあなたがここに……」

「説明はあとで。屋上のヘリポートに、警視庁のヘリが待機してます。ただちにご同行ください」

美由紀は唖然として篠山を見た。篠山も、ただ呆然と見かえすばかりだった。

緊急事態

警視庁がヘリに採用しているベル412は、おおとり二号と名づけられた青いカラーリングの機体で、その飛行性能は申しぶんがなかった。

美由紀が篠山とともにキャビンに乗りこんで離陸後、ほぼ全速力で関東方面に向かいながらも、揺れをほとんど感じさせない。よく整備された機体だと美由紀は感じた。

陽は傾きはじめ、空を紅いろに染めていく。

眼下に緑の絨毯がひろがる東北地方から、密集した建造物の乱立する首都圏への境界を越えていく。

高層ビルの長い陰が住宅街におちていた。

美由紀は米本に事情を聞きたかったが、その米本は副操縦席におさまって絶えず無線連絡に追われている。

二列目には警視庁か国土交通省の連中らしきスーツの男たちが陣取り、美由紀と篠山はその後ろの席だった。

事情の説明はなかった。できるのなら、すでにそうしているだろう。まだ打ち明けられない理由があるに違いない。

黄昏（たそがれ）どきを迎えて、ヘリはしだいに降下しはじめた。都心のきらびやかなネオンの渦に呑（の）みこまれていく。

着陸地点は東京ヘリポートでもなければ、警視庁の屋上でもなかった。

千代田区、日比谷（ひびや）公園の周辺がしだいに視界のなかで大きくなっていく。

ヘリは市政会館と日比谷公会堂にほど近い、真新しいビルの屋上に設けられたヘリポートに降下していった。

ビルの前のロータリーには、救急車が何台も連なっているのがみえる。

千代田区立赤十字医療センター。都心部でも屈指の最先端医療設備が整った総合病院だった。

誘導員（マーシャル）の手信号に従い、ヘリは円形のなかに描かれたHマークの上に接地した。軽い衝撃がキャビンに伝わる。

扉が開けられた。美由紀はすぐさま外に降り立った。

「こちらへどうぞ」米本が下り階段を指し示す。

いたるところに警官の姿がある。張り詰めた空気が漂っていた。

階段を下って建物に入り、エレベーターで何階か降りる。

扉が開いたその向こうのフロアは、奇妙な空間だった。

天井も壁も白く、余計な装飾はいっさい存在しない無機的な部屋。

手術着に似た服装の医師や看護師たちはみなマスクを着用している。

注射器を手にした医師が近づいてきた。「左の袖をまくってください」

篠山が当惑したようすでたずねた。「あのう……こりゃいったい、なんですか」

「まずは血液を採取します。さあ、急いで」

理由を聞く暇も与えられないらしい。

美由紀はいわれたとおりにした。

注射器の針があてがわれ、ちくりとした痛みが走る。抜かれた血液が注射器のなかを赤く染めていく。

医師は篠山や米本、そのほかの人員すべてに同じことをした。それぞれの血はフロアの隅に運ばれ、デスクにいた別の医師によって電子顕微鏡で調べられる。

その医師がうなずくと、あらためて別の注射器が運ばれてきた。

「予防接種です」と医師がいった。

血液中の成分が正常であることが確認され、なんらかの免疫を高めるための注射がなされる。

感染か。それも、不特定多数に感染の疑いが考えられるほどの危機的状況だというのか。

注射が終わると、磨りガラスで仕切られた隣りのブースに案内された。

そこにはまるで消防士の防火服のように、全身をすっぽりと包む銀いろの防護服が用意してあった。

ファスナーや縫製部がシームテープで密閉され、袖と手袋、ズボンの裾とブーツも隙間なく接続される。ヘルメットを被り、顔だけが透明なアクリルの窓を通してのぞく構造だ。

米本は上着を脱いで、その防護服の着用にかかった。「下の階へは、これを着ていただかないと入れません」

篠山が咳ばらいした。「すみませんが……。私が同行する意味はあるのでしょうか？」

「ええ、ありますとも。あなたの奥さんのことですから」

しばし静止した篠山が、あわてたようすで防護服を羽織り、袖を通した。

美由紀も防護服を着こみながら思った。これは化学防護服だ。通気性はあるが、特殊な繊維構造がウィルスを含む液体の飛沫から人肌を守る。

心拍が速まるのを感じた。

里佳子はもう、精神面の危機に見舞われているだけではない。なんらかのウィルスに蝕まれているのだ。

十一階、特殊入院棟なるフロア。

美由紀は一行とともに化学防護服に身を包んで、通路に歩を進めた。

そこは一見したところふつうの入院棟と変わらないつくりだったが、状況は物々しかった。

病院側の人間は全員、防護服を着ている。どのベッドも患者で埋まり、しかも苦しげな呻き声があちこちにこだましていた。

米本が病室のひとつに入り、壁ぎわのベッドに近づく。そして、居たたまれないような顔で立ちつくした。

ベッドを覗きこんだ篠山が叫んだ。「里佳子!?」

美由紀は息を呑んだ。

そこに横たわっているのはまぎれもなく里佳子だったが、そのさまは半日前とは豹変していた。

顔じゅうに赤い斑点ができて、肌のほとんどを埋めつくしている。

そこかしこに炎症のような腫れも生じていた。

額には血管が浮かびあがり、その血流がわかるほどに波打っている。

目は固く閉じられていた。とめどなく汗がしたたり落ち、呼吸は荒い。

「里佳子」篠山が呼びかけた。「どうしたってんだ。里佳子。目を開けてくれ」

「篠山さん」米本が制止に入った。「駄目です。息はありますが、意識はほとんど不明という状態です。声も聞こえていないでしょう」

「そんな……。里佳子。返事してくれ。里佳子！　どうしてこんなことに……」

悲痛な響きを帯びた篠山の声がこだました。篠山はベッドの脇に崩れ落ちるように両膝をついた。

痛みに似た悲しみが美由紀の胸のなかを満たしていく。

警察の嫌疑を晴らして、これからは不安障害を克服するために支障のない日々が送れるはずだった。

それなのに、夫からの報告を受けることもできずに、半ば昏睡状態に陥ってしまっている。

しかも事態はもはや、臨床心理学の及ぶ範疇ではない。物理的な理由で病床に伏して、生死の境をさまよっている。わたしには、どうすることもできない。

予想しえなかった状況に、呆然とたたずむしかなかった。

そのとき、美由紀の携帯電話が鳴った。

病院に足を踏みいれたというのに、電源を切っていなかった。防護服を着ているせいでポケットに触れられない。

「ちょっと失礼します」美由紀はそういって、部屋をでた。

里佳子。里佳子。しきりに呼びかける篠山の声が、廊下まで聞こえていた。

いったい何が起きているというのだ。美由紀は歩を速め、エレベーターに乗った。下りのボタンを押すと、扉は閉まった。

手袋を外し、ヘルメットを脱いだ。背中のファスナーを開けて、防護服の下から携帯電話を取りだす。

液晶に表示されているのは由愛香の名だった。美由紀は電話にでた。「もしもし」

「美由紀……」由愛香の声は震えていた。すすり泣いているのがわかる。

「どうしたの、由愛香?」

「いま……病院に着いて、救急車を降りたところ」

「病院?　どこの?」

「わからない……。来たことない病院だから……。藍が……」

心拍がいっそう速まる。それとともに、美由紀の脳裏に最悪の事態が浮かんだ。

一階に着いた。エレベーターの扉が開く。

美由紀はロビーに駆けだした。

来院時間は過ぎているだろうに、そこは大勢の人々でごったがえしていた。

ここでは防護服を着ている者は少ない。

救急隊員らはマスクすらせずに、患者を乗せたストレッチャーを運んでいた。

ストレッチャーは続々と玄関から運びこまれてくる。

屋外からは、ひっきりなしに救急車のサイレンがきこえる。

続々と患者が搬入される。症状は、十一階で見たものと同じだ。

患者の数は尋常ではない。おそらく都内全域からこの病院に集中的に運ばれてきている。

対処できるのが、この病院だけということだろう。

悪い予感が当たらないことを祈った。

しかし、もし当たっているのなら、彼女もここに来ているはずだ。

玄関に向かったとき、また新たにストレッチャーが搬入されてきた。付き添いの人間を見たとき、美由紀の足はすくんだ。

「由愛香!」美由紀は声をかけた。

こちらに視線を向けた由愛香の顔に、驚きのいろがひろがる。その見開いた目は真っ赤に泣き腫らしていた。

「美由紀」由愛香が駆け寄ってきた。

その由愛香を抱きとめながら、美由紀は固唾（かたず）を呑（の）んで患者に目を向けた。

電気のような衝撃が美由紀の背筋に走った。

仰向（あおむ）けに寝たまま、ぴくりとも動かないその患者は、雪村（ゆきむら）藍にほかならなかった。

赤い斑点に埋めつくされ、あちこちが腫れあがった顔。里佳子の症状とうりふたつだった。

「藍……」美由紀は呆然とつぶやく自分の声をきいた。

感染

美由紀は壁の時計を見あげた。午後七時をまわっていた。

千代田区立赤十字医療センターの二十階にある会議室棟は、それぞれ各省庁の臨時の対策本部に割り当てられていた。

この大会議室Dは、防衛省の関係者が詰めている。

防護服を着ている人間は、美由紀のほかにはいなかった。

ヘルメットと手袋を外した状態ながらも、美由紀はいつでもそれらを身につけて入院棟に赴ける状態にあった。防衛省の人間らは、そうではない。

スーツもしくは制服姿の関係者らに対し、美由紀は複雑な思いに駆られた。

彼らは患者をまのあたりにしていない。そうするつもりもないのだろう。入院棟のあるフロアを素通りしてこの会議室に入り、またまっすぐに建物を去るだけだ。それが彼らのいうところの査察だった。

とはいえ、防衛省がこの事態を重く見ていないわけではなさそうだった。

西海勉という五十代半ばの男は、内部部局の防衛政策局で次長を務めていて、判断を下す速さと正確さでその名を知られている。

陸自の芳澤康彦将補は、東部方面隊第一師団の士官らを引き連れてきていた。

会議の席に着くと、西海は美由紀を見据えた。「岬元二等空尉。ここで会うことになろうとはな。臨床心理士に転向したそうだが、この病院の精神科にでも勤務しているのか？」

「いえ……。友人らが患者として運びこまれたので……」

「すると、事情についてはなにも知りえていないのか？」

「はい」

西海と芳澤将補は顔を見あわせた。

病院関係者でもなければ、いまや幹部自衛官でもない美由紀に、状況を明かしていいものかどうか迷っているらしい。

だが、芳澤はすぐに意を決したようにいった。「岬。これは深刻かつきわめて重要な事態だ。口外しないと約束してくれるな？」

「もちろんです」

「では、冠摩なるものを知っているか。私の時代には防衛大の授業でも触れられていたが」

「ええ、戦史の教科書にごくわずかに記載があったと思います……。太平洋戦争末期に、日本軍が開発を試みたウィルス兵器のうちのひとつです。インドネシアのハマダラカ属の蚊を収集して、マラリアに似たなんらかの原虫を含む液体を抽出し培養されたもので、空気に接触させることで自然に増殖して大気中を漂い、吸引した人々に感染します。黄熱かデング熱、マラリアなどの感染症に近い症状を引き起こすとか」

「よく覚えているな。症状についてはより具体的な記録が当時の内部文書に残されている。それによると、感染後はしばしの潜伏期間の後、悪寒や震えとともに体温が上昇、呼吸切迫、顔面紅潮、結膜充血などが起きる。さらに皮膚に斑点や炎症が生じ、嘔吐や頭痛、筋肉痛をともなう。数時間で意識障害に陥り、腎不全となり二、三日で死に至る」

「死に……？」美由紀は息を呑んだ。「待ってください。冠摩は研究段階で終戦を迎え、サンプルや資料も米進駐軍に押収されたはずですが。どうして感染症状の記録が残っているんでしょう」

「たしかに冠摩は山形県の山中の研究所で、わずか二・六リットルのサンプルが精製されたにすぎない。このサンプルは戦後、秋田県大潟村の太平洋戦史展示館に、当時のガラス容器に密閉されたまま保管してあった。ＧＨＱの検査を経たうえで、さほど重要な兵器類には当たらないとされたからだ」

「展示館にあったんですか？　でも、その判断はどうかと……。たしかに冠摩は東南アジア戦線で用いることを前提としていたはずで、熱帯もしくは亜熱帯地域でなければ増殖しないはずですが、それらの地域で散布すれば大量殺戮が可能になるわけですし……」

西海が身を乗りだした。「そのとおりだ。だが全国的にみれば、戦後のあらゆる処理においてＧＨＱが安全と見なしたものについては、その後は問題視されることもなく放置されているケースが少なくない。地中に不発弾があるとわかっていても土地が分譲されていたり、信管を抜きとっただけの魚雷や爆雷も展示品として博物館に並んでいたりする。実際、冠摩についてはその危険性など考慮されたこともなく、防衛省でも半ばその存在など忘れていた」

美由紀のなかに鈍い警戒心がこみあげた。

「まさか」美由紀はつぶやいた。「日本列島の亜熱帯化が……」

「そうとも」芳澤将補がうなずいた。「地球温暖化が影響しているのか、最近じゃ東北地方も含めて真夏には四十度前後に達する地域も増えた。水温が上がって水蒸気となる海水の量が増え、スコールを思わせる豪雨が降って洪水を引き起こす。このところ上野公園ではジャージャーというクマゼミの鳴き声が聞こえるが、ああいう南方原産の虫も、以前なら関東で生きられるはずはなかった」

深刻そうに西海がつぶやく。「八王子の高尾山にもツマグロヒョウモンという蝶が飛んでいる。熱帯魚のクマノミは本州では産卵しないと言われていたが、いまでは相模湾で繁殖してる。亜熱帯化は確実に進んでいる」

亜熱帯化。

実際には、その言葉の定義はさまざまだ。

熱帯地域とは違い、れっきとした冬が存在する。気温が下がる日もある。しかし、夏日に極度に温度が上昇し、熱帯同様の気候を生む。

それを亜熱帯とするのなら、このところの日本列島は亜熱帯化しているといえるのだろう。

少なくとも、六十年前のように本州で冠摩が増殖しえない状況とは言いがたい。

美由紀はいった。「東南アジアでしか効力を持たないはずの生物化学兵器が、いつの間にか本州にも危険をもたらす存在になっていた。でもそのことを誰も気づきえなかった、そういうことですか」

西海は口ごもりながら応じた。「まあ……ありていにいえば、そうだ。忘れられた旧日本軍の遺物と気候の変化を照合してチェックする習慣など、われわれにはなかった」

「でも冠摩は密閉容器に収められているはずでは……」

「その容器だが……。二週間ほど前、大潟村の太平洋戦史展示館から盗みだされた。犯人はまだ特定できていない」

「持ち去られたんですか、冠摩を？　そんな報道は聞いた覚えが……」

「われわれが規制したからだ」

会議室内はしんと静まりかえった。

鳥肌が立つ。美由紀は寒気を覚えながら思った。

防衛省はその盗難事件を非難されることを恐れて、事件そのものを隠蔽（いんぺい）するように警察に働きかけたのだ。

ある意味で爆発物より危険な物質を放置したあげく、盗みだされた。

最悪の事態に至らなくとも、防衛省が責任を追及されるのは必至だったろう。

そして、いまや状況はそのような政治的な立場を憂慮している場合ではなくなった。

冠摩を持ち去った何者かが、その容器の蓋（ふた）を開けた。亜熱帯化した大気に死をもたらすウィルスを散布してしまった。そうに違いない。

「……それで」美由紀の声は喉（のど）に絡んだ。「冠摩の感染に対処する方法は……」

西海が首を横に振った。「まだ見つかっていない。成分に関する当時の記録は抹消され、どこにも残っていないんだ。蚊から抽出された原虫の毒素をそのまま用いているようだが、その原虫が何であるかも特定できていない。厚生労働省がフィリピンやインドネシアの研究施設にも問い合わせているが、いまではもう死滅してしまったウィルスなのかもしれない。しかし、この国ではいまごろになって増殖してるわけだ」

「でも、生物兵器は当時から、味方にも被害を及ぼしうる両刃(もろは)の刃(やいば)だったはずです。ワクチンの開発も並行して進められていたとみるべきですが」

「ああ。GHQが得ていた情報では、症状を中和するワクチンも研究されていたらしい。ところがそのワクチンは精製されておらず、成分表や化学式も押収できなかったという。現存する軍の記録をあたってみたが、それらしき記載もなかった」

「さっき、予防接種を受けたんですが、あれは……?」

「クロロキンかドキシサイクリン、つまりマラリアの予防注射だ。効果があるかどうかはわからないが、近いものとしていちおう患者に接する者は注射を受けている」

すると、いまのところ打つ手は見つかっていないも同然なわけだ。

美由紀は背筋が凍りつきそうだった。

「それなら……六十年前に冠摩の開発施設があったという山中を、くまなく探すしかありません。当時のＧＨＱは見過ごしていても、どこかに手がかりが残っていることも……」

「無理だよ」と西海はいった。

「なぜですか」

「施設はとっくに取り壊されているが、その跡地を調べることもできん。理由は、山火事で全焼したからだ」

「火事……すると……」

「そうだ。山形県西村山郡大江町付近の祠堂山。冠摩を開発していた研究所は、その山中にあった」

美由紀は口をつぐまざるをえなかった。

焼け落ちて跡形もなくなった山林、むきだしになった山肌、粉塵となって舞いあがる灰。

きょう自分の目で見た。冠摩なる生物兵器を生んだ山が焼失し、その日に死のウィルスが関東地方に蔓延した。

「岬」芳澤将補が告げた。「これは冠摩の成り立ちや効果を知る者の計画的犯行だ。大規模な破壊工作も同然だよ」

「……わたしたちも感染してる可能性が……」

「わからん」と西海は唸るようにいった。「潜伏期間後、発症するかもしれないし、そうでないかもしれん。ウィルスの被害がどれだけの範囲に拡散するかもわからない。ただひとつ、内部文書に明記してあったことで、ほぼ事実に相違ないと思える箇所がある。発症した者は確実に死に至る。そこだけだ」

温床

美由紀は重苦しい気分で会議室をでた。

廊下には、由愛香と篠山正平が待っていた。

ふたりとも美由紀の姿をみとめると、あわてたように駆け寄ってきた。

「どうだった？」由愛香は切実にきいてきた。「病気の理由はなんだったの？」

無言で友人のまなざしを見つめかえす。それしかできなかった。

事情を打ち明けるわけにはいかない。

これは国家規模の危機だ。人々に知れ渡ったらパニックが起きてしまう。

「ごめん」美由紀はつぶやいた。「話せないの……」

由愛香が愕然(がくぜん)とした表情でいった。「どうしてよ、美由紀」

篠山もすがるような目で訴えてきた。「妻を、里佳子を救う方法はないんですか。あれば教えてください、どんなことでもします」

「……いまのところは、まだなにも……」

「なんで？」由愛香は泣きだした。「なぜ藍があんな目に遭うの？　わたし、きょう藍と一緒にいたし、同じレストランで食事したのに……。どうして藍だけが？」

美由紀はいった。「わたしたちも感染する可能性があるの。いえ、もう感染してるかもしれない」

「感染……って、なにか病原体が広まってるってこと？」

「……里佳子さんや、藍に真っ先に症状が表れたのは……。彼女たちは不潔恐怖症で、普段から潔癖に過ごしていた。そのせいで免疫が育っていなかったのかもしれない。どんなに清潔を心がけていても、空気を介しての感染を阻むことはできないから……。抵抗力のない彼女たちの身体には毒素が浸透しやすかった。そう考えるしかない」

篠山は両手で頭を抱え、その場にしゃがみこんだ。

「里佳子……」篠山は大粒の涙をこぼし、震える声でささやくようにいった。「里佳子はなぜ、こんなに苦しまなきゃいけないんだ。妻がなにをしたっていうんだ。こんなことに……どうしてこんなことに……」

胸にしめつけるような痛みを覚える。

美由紀はその苦痛に耐えながらたたずんでいた。

警察は冠摩を盗んだ何者かを追跡している。

だが、その何者かを捕らえたところで、治療法があきらかになる可能性は低い。

ワクチンは存在していなかったからだ。

とはいえ、それなら犯人も感染してしまうことになる。

自殺願望か。大勢の人間を道連れに、自分も死のうとしているのか。

あるいは、犯人は感染しても発症を逃れるすべを知っているのかもしれない。

犯人のみが治療法を把握していて、ゆえに躊躇なく冠摩を空気中に散布できた。そうも考えられる。

憶測にすぎない話ではある。それでも、その状況に賭けるしかない。

美由紀は歩きだした。

「どこへ行くの」由愛香がきいた。

「さあ。でも、みんなを救う手がかりを探しに行くのよ」

「わたしも一緒に行く」

「駄目よ」

「どうして？」

孤独感が全身を包みこむ。友情に応えられない自分に嫌悪を覚える。

それでも、極秘事項は打ち明けられない。そして、友達を危険に巻きこむわけにはいかない。

「お願いよ」と美由紀はつぶやいた。「独りで行かせて」

由愛香は目に涙を溜めて見つめてきた。

だが、なにも言わなかった。言葉にできないのかもしれない。

背を向けて、美由紀は足ばやに立ち去った。もう引き留めてほしくはない。

エレベーターホールまで来たとき、顔なじみの臨床心理士とばったり出会った。

「舎利弗先生」美由紀は声をかけた。

「ああ、美由紀」と舎利弗はいった。「やっぱりここだったのかい。病院の人に聞いたら、防衛省がらみの人たちがこの階で会議してるって……」

「いま話を聞いてきたところなの。舎利弗先生はなんでここに?」

「それが、僕だけじゃないんだ。ほかにも臨床心理士が大勢来てる。カウンセリングの相談者が次々と発症して、この病院に運ばれたからだ」

「相談者?」

「うん。総じて不潔恐怖症に悩んでた人ばかりでね」

やはり。清潔すぎる日常が汚染の温床になってしまったのだ。

「ねえ舎利弗先生。臨床心理士会に連絡して、まだ発症してない不潔恐怖症の人々を集めて予防接種を受けさせて。暮らしのなかで免疫が育たなかったことが、真っ先に感染した理由だから」

「そうなのかい？　すると、また政府筋のほうは事情を把握してるって話？」

エレベーターの扉が開いた。美由紀は乗りこみながら、階に残った舎利弗にいった。

「詳しくはいえないの。でも、急いで」

「ああ。わかったよ。……でも美由紀、いったいなにが起きて……」

聞こえたのはそこまでだった。扉は閉じて、エレベーターが降下を始めた。

意識障害に陥ってから、二、三日で死に至る。防衛省の西海が告げた内部文書の記載内容には、そうあったという。

二、三日か。美由紀はため息とともに目を閉じた。それまでに犯人を見つけるしかない。そして、その犯人が治療法を知っていると祈るしかない。

反転

夜が明けて、空が蒼(あお)く輝きだしたころ、美由紀のガヤルドのナビが告げた。目的地周辺です、案内を終わります。

道端に寄せて停車する。

秋田県大潟村、田園地帯に区画整理された道路が碁盤の目状に走っていた。村役場と干拓博物館、学校が田畑のなかに点在して見える。

太平洋戦史展示館も、そんな建物のうちのひとつだった。

車外に降り立つと、ひんやりとした空気が肌に触れる。

辺りにひとけはない。静かだった。

冠摩が盗みだされたこの現場には、朝の飛行機を待って赴くこともできたのだが、美由紀はじっとしていられなかった。

夜通しクルマを飛ばした結果、たった数時間であっても早く到着できたのは喜ばしかった。

時は一刻を争う。藍が命を落としかけているというのに、呑気に眠ってなどいられなかった。

閉じている門に近づいた。

施設としては小ぢんまりとしたもので、二階建ての鉄筋コンクリートが敷地のなかにぽつりと存在しているだけだった。

警備小屋らしきものもないし、防犯カメラも見当たらない。

ここに大量殺戮に有効な物質が眠っていたとは、まさに歴史の盲点だったろう。

そのとき、背後に自転車が接近してくる音を聞きつけた。

振りかえると、中年の制服警官が自転車に乗って近づいてくる。

巡査は美由紀のすぐ近くで自転車を停めると、怪訝そうな顔で聞いてきた。「失礼ですけど、どちらさんで？　凄いクルマですなぁ」

美由紀は告げた。「岬美由紀といいます。元航空自衛隊の二等空尉でした。二週間ほど前に、ここで日本軍がらみの物品が盗難にあったとか」

「ああ、はいはい。標本かなにかですよね、生物兵器の原料だとか」

「……はい」と美由紀はうなずいた。

正しくは原料ではなく、完成された兵器にほかならないのだが、現地の警察にどのような説明がなされているかわかったものではない。

「一時は県警もようすを見に来たんですが、専門家によれば危険なものではなかったそうで、捜査本部を設けるまでのことはないって判断でしてね。空き巣と同等の扱いで、地元の五城目警察署が捜査を担当してます。詳しいことは、そちらに聞かれたらどうですか」

「いえ。冠……盗まれた標本が置いてあった場所を見たかっただけですから。なかに入れませんか?」

「それはちょっと……。いちおう、事件後はこの展示館も営業を停止してましてね。周りをご覧になればわかるとおり、空き巣も珍しいくらいの平和な土地でして。それなりに現場の保存だとか、対処はしてるんです」

「そうですか……」

「ああ、でも、門の外からでも犯人の侵入経路は見れますよ。こっちです」

巡査は歩きだした。美由紀はついていった。

建物の脇のあぜ道に歩を進めて、しばらく行くと、巡査は足をとめた。

「あれですよ」巡査は指差した。「一階。ガラスが割れてるところがあるでしょう?」

それはなんの侵入対策もなされていない、たんなるサッシ窓だった。

壊されているのは二箇所、鍵の部分だけでなく、そのガラスにはもうひとつの大きな穴が開いている。

窓の向こうには館内の展示物が見えていた。

棚には大砲の弾らしき鉄球、戦争当時の軍部が掲示に使った看板などが見える。

いずれも全国各地の戦場跡に大量に残されていたもので、さして価値があるものとは思えない。

泥棒が入ることを予見するのは、不可能に近かったろう。

美由紀はガラスを眺めながらつぶやいた。「あの大穴から放射状に走るヒビは、鍵を開けるために割られた部分のヒビに接したところで途切れてますね。つまり鍵を開けてから、大穴を開けたっていう順序ですね」

「ええ。いまでは片付けられてますが、窓の外にもガラスの破片が散らばってました。大きいほうの穴は、中から外へと割って開けられたものと考えられてます」

「たぶん犯人は侵入してから、標本のビンを窓に放り投げたのね」

「目当ての物を盗んだにしちゃ、乱暴な扱いですな」

そうでもない、と美由紀は思った。犯人はここでただちにビンを壊し、冠摩を空気中に散布しようとした。

実際にここで開けたのだろうか。

もしそうなら、秋田から関東までの広範囲にウィルスが分布していることになる。

被害は首都圏に留まらないのか。

亜熱帯の気候のなかでウィルスが増殖しているのだとすれば、今後もさらに範囲が拡大する恐れがある。

「しかし」巡査がきいてきた。「自衛隊をお辞めになった人が、なぜまたこんな事件を調べておられるので？　なにか特命とか、そういうものですか？」

「いえ。個人的な興味です。ここへはドライブがてら、立ち寄っただけですから」

「ああ、なんだ。そうでしたか。こんな朝早くにお出かけとは、五城目町の朝市でもご見物ですか？」

「そうなんです」美由紀はとっさに、地方文化の記憶を引っ張りだした。「田沢湖の辺りで採れた早生キノコをお土産にしていきたいと思ってまして」

「じゃ、早く行かれたほうがいいですよ。今年は豊作じゃないんで、数も限られてるんで」

「わかりました、そうします。どうもありがとう」

巡査は軽く敬礼して、自転車にまたがり去っていった。

美由紀はどうするべきか迷った。

所轄の捜査記録を見せてもらえるように頼むか。

だが、防衛省と警察庁からの圧力がかかっている以上、詳細な記録は開示されない可能性も高い。

途方に暮れてガヤルドに歩きだしたとき、携帯電話が鳴った。

思わずどきっとする。藍にもしものことがあった場合、付き添っている由愛香が電話をかけてくることになっていた。

だが、液晶に表示された番号は由愛香のものではなかった。

市外局番は〇二三六、山形県からの電話だった。

かすかに安堵を覚えながら電話にでる。「岬ですが」

「山形県警の葦藻です。昨日はどうも」

「ああ、葦藻警部補。こんなに早くから、なにか？」

「じつは、放火の実行犯だと主張してた竹原塗士が、昨晩から供述を始めましてね。ひと晩がかりで概要を聞きだしたので、いちおう岬さんの耳にも入れておこうと思いまして」

「ありがとうございます。すると、彼に指示した女の素性でもわかったんですか？」

「そうです。竹原は篠山里佳子を名乗るその女と出会い系サイトで知り合い、メールでやりとりする関係を築いていたわけですが……。女がいちど、プライベートの写真をメールに添えて送ってきてるんです」

「すると、女の顔写真を入手したわけですか」

「ええ。しかもこいつがなんと、指名手配犯でね」

「指名手配？」

「名前は西之原夕子（にしのはらゆうこ）、二十七歳。ネットを通じて男をたぶらかしては、あれこれ理由をつけて金を振りこませ、そのまま姿を消しちまう典型的な女詐欺師です。被害届の数は現時点で十七に及びます。出現するたびに偽名を使うんですが、メールアドレスから本人が特定されましてね。出生には謎も多くて、幼いころ親が蒸発して施設に預けられてたみたいで、実家といえるものはありません。現在も、居場所は判明してません」

「タバコ屋さんの公衆電話から竹原に連絡したのも、その女ですか」

「おそらくそうでしょう。科捜研が分析した結果、岬さんの推測どおり、ICレコーダーか何かで里佳子さんの声を電話で聞かせた可能性が高いようです。西之原夕子がどうやって里佳子さんの声を録音しえたかは、まだわかっていませんが」

「その西之原夕子の行方について、なにか手がかりは？」

「残念ながら、いまのところ皆無です。竹原が受けとった写真は、最近撮られたもののようですが……」

「それを拝見できますか」

「……まあ、岬さんには山火事の捜査において重要な点でお助けいただいたのですから、写真ぐらいはお見せしてもいいでしょう。ただし、なにかお気づきのことがあれば、真っ先にわれわれに連絡してくださいよ」

「わかりました」

「じゃあ、メールで画像ファイルをお送りします。……ああ、そうだ。もうひとつ。竹原によると、西之原夕子は恐ろしいことを口にしてたようです。近いうちに病院のベッドは満床になる、顔じゅうに赤いぶつぶつができて、死に至る人間が続出する、と」

美由紀は動揺を禁じえなかった。「それを……西之原夕子が告げたんですか？」

「ええ。そしてけさ、県内の救急病院から、同様の患者が続出しているという連絡が入ってます。防衛省の出向の人間が、患者を隔離させているようだが……。これはどうしたことでしょう。なにかご存じありませんか？」

「……それは……まだ申しあげるわけには……」

葦藻のため息が聞こえた。「やはり。どうも政府筋のほうから圧力がかかってるみたいだと、上司も言ってましたしね」

きます」

「仕方がないですな。なにかあったら、いつでもご連絡ください。じゃ、画像は送ってお

「ありがとうございます。それでは……」

電話を切ると、美由紀は憂鬱な気分でガヤルドに向かった。

クルマに乗りこみ、ステアリングに突っ伏した。

考えをまとめるには少し時間がかかる。

山火事の罪を里佳子になすりつけ、冠摩が散布されることも知っていた女は、ネットで男を手玉にとる詐欺師だった。

どうにもわからない。大規模な破壊工作を画策する犯罪者にしては、せこい日銭の稼ぎ方だ。

携帯のメール着信音が鳴った。

画像が届いたようだ。

ボタンを押してメールの添付ファイルを開いた。

映しだされた画像は、家具店の店内のようだった。

女の顔は鮮明に映っていて、こちらを見て微笑んでいる。

金髪でギャル系の化粧、やや濃すぎて下品な印象をかもしだしている。

それでも小柄で痩せていて、顔だちも整っていることから、写真を受けとった男が交際に前向きになるだろうことは、想像がつく。

西之原夕子もそれを承知で、ルックスを詐欺の武器にしているのだろう。

夕子の服装は、店員の制服らしかった。

ここで働いていたのか。

背景にはタンスと、雛飾りが写っている。時期は三月三日より前ということになる。

葦藻は最近の写真といっていた。すると、今年の二月ぐらいということか。

つぶさに写真を見つめたが、場所が特定できるものはなさそうだった。

だが、ふと端のほうに写った窓が気になった。

店の窓には〝春の売り尽くしセール〟と切り文字が貼ってある。

なにかが妙だ。しかし、それがなんであるかわからない。わたしは何を気にかけているのか。

しばらくして、思い当たることがあった。

安売りの宣伝を店内に向けているとはおかしい。切り文字は、窓の外から見て正しく読めねばならない。

この写真は、反転されたものだ。

葦藻が操作を誤って画像を反転させたとは考えにくかった。夕子が送信前にフォトレタッチソフトを使い、加工したのだろう。

すなわち、元の画像のままではなにか不都合があり、反転させたのだ。

美由紀は携帯の機能から〝画像編集〟を選択し、さらに〝反転〟を選んだ。

表示された画像は鏡に映ったように表裏が逆転した。

ところが結果は、またしても不自然な写真になってしまった。

背景の雛人形の最上段、男雛が向かって右で、女雛が左になった。正しくは逆のはずだ。

その瞬間、美由紀の頭にひらめくものがあった。

「京都か」と美由紀はつぶやいた。

そうに違いない。京都では男雛と女雛について、ほかの地域とは逆の置き方をする。

夕子はそれをかく乱するために、画像をひっくり返したのだ。

ため息が漏れる。

秋田まで来て、今度は関西か。だが、幸いなこともある。

メルセデスのCLS550が大阪の伊丹総合病院に置きっぱなしになっている。

大館能代空港から伊丹空港に飛べば、向こうでも移動できる足がある。

エンジンをかけた。静寂のなかでV型十気筒エンジンの始動はまさに爆発音のようだった。その音とともに、美由紀は闘争心に再び火がつくのを感じた。

わたしは藍の不潔恐怖症を知りながら、それを治せずにいた。里佳子についても同様だ。それゆえにふたりは冠摩に感染した。

あのふたりの命を失わせはしない。ほかのすべての患者もだ。身勝手な犯罪によって、人の運命が変わることがあってはならない。

説得

舎利弗浩輔は、世田谷区にある聖トリマヌイ病院の小ホールで、大勢の観衆の前に立った。

緊張で顔面が紅潮するのを感じる。

本来、僕はこんな場所に立つ人間ではない。小学生のころから、クラスで発表するのは大の苦手だった。

赤面症はカウンセリングで治る。原理は知っている。

けれども、自分のことになるとどうにもできない。

ホールを埋め尽くした観衆は、雛壇式の座席におさまって、固唾を呑んでこちらを見つめている。その射るような視線が痛い。

「あ、あの」舎利弗はうわずった自分の声がホールに響くのを聞いた。「きょうは……どうも、おはようございます。お集まりいただき、恐縮です」

最前列の少女が眉をひそめていった。「先生……だいじょうぶ？」

「はい、ええ。平気ですよ。たぶんね。はは……」

ハンカチで額の汗をぬぐう。

少女を含め、観衆は全員が不潔恐怖症に悩み、臨床心理士によるカウンセリングを受けている人ばかりだ。

そんな人々に逆に気遣われてしまうとは。情けない。

「ええと、ですね」舎利弗はいった。「みなさまには、けさ早くから予防接種を受けていただきました。これは、そのう、マラリア感染に対する予防注射でして、全国各地の病院で、同様の試みがおこなわれています」

観衆のひとりが聞いた。「なぜそんな注射が必要だったんでしょう？　私たちは外国に行く予定もないんですけど」

「それは……つまり、こういうことです。マラリアによく似た感染症が広まってましてね……。みなさんのように、徹底して清潔にこだわっている方々が、発症するケースが増えているのです」

ホールのなかがざわついた。

ひとりの女性が手をあげていった。「わたし、しょっちゅう入浴もしてますし、全身も一日三回はかならず洗ってるんですけど。食べ物は密閉されたレトルトのパックしか採らないし、部屋のなかも埃ひとつないぐらい掃除してます。感染なんて、するはずありません」

「ええ、お気持ちはよくわかります。ですが……あまりに清潔さの度が過ぎると、体内に必要な免疫作用も生じる機会がなく、かえって感染しやすくなるんです」

人々のざわめきはさらに大きなものになった。

「しかし」舎利弗は語気を強めた。「どうかご安心を。不潔恐怖症を克服し、少しずつ普通の生活に慣れていくことで、免疫力は自然に生まれてきます。まずは、過剰に汚れを気にする自分の意識を、改革することから始めましょう。なにか作業をしたからといって、すぐに手を洗わないでください。うがいも同様です。なにもかも新品を使おうとしないでください。駅の階段で手すりを握りましょう。電車のなかでは吊り革を利用しましょう。ジュース類も新しいビンや缶を開けるのではなく、一・五リッターのペットボトルを買い置きして、少しずつ飲みましょう。本は、古本屋で買ったものを読むようにしま……」

だしぬけに、ひとりの男が立ちあがった。「聞いてるだけで、なんだか気分が悪くなった。手を洗ってくる」

つづいて、女も席を立った。「わたしも。うがいしたい。それと、お風呂に入りたくなった」

わたしも。俺もそうする。観衆らはざわざわと席を離れて、出口へと向かいだした。あわてて舎利弗は呼びとめた。「待ってください。あのう、少しずつでいいんです。慣らしていってですね、免疫を……」

年配の男が去りぎわに振りかえり、顔をしかめて告げた。「よしてくれ。人をなんだと思ってる？　こっちは真剣に悩んでるんだ、馬鹿にせんでくれ。誰がどんなふうに扱ったかもわからん古本を手に取れだと？　吐き気がする」

「そりゃまあ、作家も出版社もみなさんには感謝するでしょうけど……。いえ、いまのうちに治していただかないと、今後の感染が……」

さっきの少女がにらみつけてきた。「先生、その髭剃ったら？　なんだか不潔っぽくて、キモい」

「キモいって……ああ、ちょっと。ちょっとちょっと」

だが、群衆の動きを制止することはできなかった。

不潔恐怖症に悩む人々は舎利弗の声に耳を貸さず、ひとり残らずホールを去っていった。がらんとしたホールの、演壇の上で舎利弗はひとりたたずんだ。

壁ぎわで演説を見守っていた同僚の臨床心理士、徳永良彦が歩み寄ってきた。

「駄目だなぁ」と徳永はいった。

「だから言ったろ。僕はこういうのに向いてない。きみがやればよかったろ。きみはハンサムだし、女性のウケもいいから、きっと言うことを聞いてもらえたはずだ」

「あいにく、男性の相談者のウケはあまりよくないってアンケート結果が出てるんでね。理事長はきみの成績のほうがバランスがよく、万人に通用する臨床心理士と見なしたんだ。だからきみに説明役の白羽の矢が立った」

「僕はひきこもって論文を書いてるだけの男だよ。あまり相談者と向き合ったことはない」

「その論文に理事長らが感銘を受けたんだから、しょうがないじゃないか」

「はあ……うまくいかないな。美由紀がいてくれたらな……」

「舎利弗先生は、美由紀のことをどう思ってるんだい？」

「美由紀のことって？　そりゃもう、頼りになるし、すごく頭の回転も速くて……」

「そうじゃなくてさ。ずばり聞くけど、惚(ほ)れてる？」

「な……なにを、突然なにを言いだすんだい？　そのう、なんていうか、あのね、僕っていうのは……」

「いいんだよ」と徳永は苦笑に似た笑いを浮かべた。「そんなに動揺してちゃ、自分の本心もわからないだろうしね」

「……なんでそんなこと聞くんだい？」

「さて。なぜかな。愛をつかさどる脳神経って、以前は自律神経系の中枢である視床下部にあるなんていわれてたけど、いまでは大脳新皮質の奥に潜む大脳辺縁系のどこかにあるって説が有力だね。僕はその神経が刺激されているのを、このところ感じるよ」

「大脳……辺縁系が、ふうん……」

「とにかくいまは、僕らでこの状況をなんとかしなきゃね。問題は、まだ感染していないあの人々のうちどれだけが、不潔恐怖症を克服できるかだ」

それだけいうと、徳永はぶらりと舎利弗から離れ、歩き去っていった。

身のこなしが、なかなかスマートで恰好がついている。やせ細った体型のせいでもあるだろう。

僕もやせてみるかな。舎利弗はふと思ったが、出っ腹をつまんで不可能を悟った。

悩んだら甘いものが欲しくなった。

キットカットを買ってこよう。舎利弗は手もとの書類をまとめると、それを携えてホールの出口に向かった。

ロッカールーム

美由紀は朝の第一便で大阪の伊丹空港に到着していた。

総合病院の地下駐車場で埃を被りつつあったメルセデスのＣＬＳ５５０に乗り、京都方面に向かう。

西之原夕子の写真に写っていた家具店のフロアは広く、かなりの奥行きがあるように見える。

家具の販売店は在庫が豊富に必要なため、中小の店舗は潰れて、大手が独り勝ちする傾向があるときいた。

地価の高い京都市とその周辺で、それなりに広い店舗となると数も限られてくる。

カーナビの施設検索で表示された家具店に次々と電話をし、三月以前に西之原夕子という名の店員が勤めていたかどうかたずねた。

予想どおり、そんな名前の従業員を雇っている店はなかった。

当然、偽名を使っているのだろう。

写真から知ることのできる店内の特徴を伝えて、該当するか否かを尋ねた。うちかもしれない、という返事は十一にのぼった。

それらを一軒ずつ巡回し、しらみ潰しに調査にあたる。

正午までに八軒をまわったが、どれも微妙に異なっていた。

九軒めは市外に位置していた。宇治市槇島町の任天堂工場に隣接する、巨大な倉庫風の店舗だった。

広い駐車場にクルマを停めたとき、美由紀は店舗の窓を見て息を呑んだ。

手作り家具大幅値下げ、と掲示されている。

その窓に貼られた切り文字は、画像のものと酷似していた。

店に入って、年配の女性従業員に画像を見せた。

従業員はうなずいていった。「ああ、山城凛香さんですね」

「凛香……。そういう名前だったんですか」と美由紀はきいた。

「そうですよ。なんでもメール友達に職場を自慢したいからって、こうやって店内で暇を見つけては、デジカメで自分撮りをしてましてね。店長にもよく注意されてました」

「きょうは出勤されますか？」

「いえ。もう辞めましたから。一月にバイトで入って、三月には無断欠勤がつづいて、それっきり来なくなったみたいです。ちょっと性格にも問題があったみたいで……」

「問題？　どんな？」

従業員は声をひそめた。「ふだんは明るい人だし、売り場での成績がよかったときには有頂天になってたんだけどね。ちょっとしたことで怒りだすと、もう手がつけられなくて。難しい言葉を矢継ぎ早にまくしたてて、店長を言い負かしちゃうんだもの。まあ、見てて気持ちがいいところもあったんだけど、自分勝手には違いなくてね」

「ふうん。どこに住んでいるのかな？」

「それもちょっと……。無断欠勤がつづいたときに、店長が履歴書の住所を訪ねたんだけど、でたらめだったらしくてね。電話も通じないし、結局、本人の申し開きを聞くこともなく、バイトとしてはクビっていう扱いになったのよ。クルマでの通勤の許可を取っていたから、遠くに住んでるのかもしれないけど……でも一度もクルマに乗ってきたところを見たことがないわね。バスから降りるところはよく見たけど」

「へえ。妙ですね」

「ところで……。あなたは凜香さんとどういうご関係なの？」

「あ、わたしは、その……ネットで友達になったんで、本名も知らなくて。ただ、ここに勤めてるって話だけは聞いてたので」

「ああ、そう……。いまも凜香さんとは連絡をとってるの？」

「ええ、まあ、ときどきは……」

「それじゃ、ちょうどいいわ。彼女の持ち物を預けておくから、あなたから渡しておいてくれない？」

「持ち物？」

「そうよ。いきなり欠勤したものだから、ロッカーに化粧品とかデジカメとか、置きっぱなしになってるし。返却しようにもできなかったし、そのうち彼女が取りに来るかもと思ってたけど、また店長とひと悶着あると鬱陶しいし」

美由紀は笑ってみせた。「なるほど、わかりました。そういうことでしたら、わたしが責任持ってお預かりします」

京都タワー

駐車場に停めたメルセデスに戻り、車内に乗りこむと、美由紀は渡された茶封筒を開けた。

シャネルのファンデーションに口紅、手鏡。それから小型のデジタルカメラがおさまっている。

書類もあった。取りだしてみると、なんと顔写真の貼ってある履歴書だった。

偽名や虚偽の連絡先、でっちあげの略歴を書きこんでいるわりには、文体は整っていて落ち着いたものになっている。

嘘をつくことには慣れているらしい。履歴書に真実を書くという認識そのものが欠如しているせいで、抵抗もないのだろう。

デジカメの電源を入れてみた。

静止画像は三十枚ほど保存されている。

どれも空の写真だった。蒼い空や赤く染まった空、いわし雲やうろこ雲。建物は端のほうにごくわずかに映りこんでいるにすぎない。どれも美しいものだった。安易にみえて、構図をしっかりと考慮しているようだ。

案外、芸術家肌なのかもしれない。あるいはロマンチストか。

美由紀は携帯電話をハンズフリーに接続し、舎利弗の携帯の番号に電話した。

「舎利弗だけど」と弱々しい声が応じた。「美由紀か。いまどこにいるんだい」

「京都。……舎利弗先生、どうかした？　なんだか覇気がないように思えるんだけど」

「そうだな。なあ美由紀。基礎涙、反射性涙とは違って、感情性の涙がなぜ出るのか、まだ科学的には解明されてないんだよな。不思議だよな、悲しいときに涙が出るってのは」

「先生……？　だいじょうぶ？」

「ラッコやアザラシはストレスが溜まると大声で泣くのに、類人猿は涙を流さない。いったいどうしてだろうなぁ」

「つまり先生はいま泣いてるってこと？」

「いや、まだだよ。泣きたい気分だってことだ。不潔恐怖症の人たちを説得しようとしたのに、誰も耳を貸してくれない」

「ああ……。たしかに困難でしょうね」

「やっぱり僕は臨床心理士には向いてないよ。ひきこもってDVDばかり観てるヘタレだし」

「自分のことをそんなに責めないで。先生はすごく優秀な人よ。わたしを指導してくれたんだし」

「教え子が有能だっただけさ……。まあ、愚痴っても始まらないかな。ところで、なんの用？」

「臨床心理士会の事務局にあるパソコンって、精神医学会のデータベースにもアクセスできたよね？　精神科のカルテとか閲覧できる？　京都の病院なんだけど」

「僕じゃ無理だけど、医師を兼ねてる臨床心理士ならパスワードを知ってると思うよ。頼んでおこうか？」

「ええ。ぜひお願い。西之原夕子っていう女性に精神科の通院歴があるかどうか知りたいの」

舎利弗の声が唸った。「プライバシーの侵害だよ。きみの相談者ってわけでもないんだろ？」

「そうだけど、今度の感染症にも関わる重大なことだから……。たぶん自己愛性人格障害じゃないかって思うんだけど」

「どうしてそう判断したの？　本人に会ったのかい？」

「いえ、まだよ。でも、人間関係を不当に利用する詐欺を働いてる。その一方で、職場のなかにいる自分の姿に陶酔して、画像を送りつけることをためらわない。職場では、特権階級と見なされないとわかった時点で激しく憤って、さっさと辞めてしまう。非難や敗北にはことさら敏感で、相手を打ち負かすために知能を働かせる。持っていないクルマを所有していると主張したり、見栄っ張りだったりもする」

「なぜクルマを持っていないってわかる？」

「履歴書に書いてあるナンバーが42で終わってる。これは不吉な数字とされてるから欠番扱いで、希望ナンバーとして提出しないかぎりは存在しえないの。分類番号の数字が500になってるから希望ナンバーじゃないしね。化粧もブランド物を使ってて、実質より外見を重視してる。すごいと言われたり、褒められたりすることに執着心がある」

「たしかに自分が特別だという感覚を抱いていそうな女だな。脆弱な自尊心の持ち主でもあるようだ。けれども、それだけで人格障害とはいえないよ。極端にアンバランスな人格が生じていないと……」

「それがあるの。この女は山ふたつが全焼した放火に関わっているんだから」

「そうなのかい？　なら、可能性もあるかもしれないな。共感性が欠如していて、誇大性がひときわ強い人格だ。これは、原始的攻撃性に対する防御規制だと考えられてる。犯罪で先手を打つことが身を守るすべだと信じ、それが日常化しているんだろう」

「ええ。誇大性ってのは一般に、劣等感の代償であることも多いから……。まともな仕事に馴染めないことで、余計に犯罪にのめりこんで現実を凌駕しようとするんじゃないかしら」

「すると、人生のすべてが自尊心と誇大性に彩られていて、それが彼女を犯罪の道に走らせているってことになるな」

美由紀はデジカメの画像を見た。「自分撮りはあくまで他人に見せるためのもので、プライベートでは空の写真を撮ってばかりいる。友人もいない孤独な生活ね」

「どこで撮った写真なの？」

「さあ。クルマもないし、彼女が孤独な自分に酔いしれるために空を撮っているのだとすると、自宅周辺じゃないかな」

「建物とか、そういうもので場所を特定できないか？」

「無理ね。どこにでもあるビルの壁がわずかに写ってたり、あとは電線とか、家の軒先ぐらいだし……」

と、画像を次々と切り替えていた美由紀の指が、ふと止まった。

低く位置した真っ赤な太陽が、空を紅に染めている。

京都タワーが小さく見えている。そのほかに、写りこんでいるものはない。

それでも美由紀のなかに、ひとつの考えが浮かびつつあった。

沈黙が気になったらしく、舎利弗がたずねてきた。「美由紀。どうかしたか？」

「住み処がわかるかも。夕陽と京都タワーが見えてる。つまり西の方角に、この画像と同じ大きさの京都タワーをのぞむ場所に、彼女はいるってこと」

「待てよ。京都タワーなんて、どの方角から見てもほとんど一緒だろ？　それは夕焼けじゃなくて、朝焼けかもしれないよ。だとしたら東……」

「いいえ。太陽が同じぐらいの高さにある別の画像もあって、そっちのほうはもう少し赤みが少なくて、京都タワーも写ってない。それが朝焼けなの。早朝よりも夕方のほうが、塵が多くて湿度が低く、雲も多くなって赤く見えるのよ。パイロットにはお馴染みの光景なの」

「へえー！　まったくたいしたもんだよ。きみはいろんな意味で千里眼だな」

「まだ推測にすぎないけどね。……どんな生活送ってるのかな、彼女」

「そうだな。当然独りで暮らしてるんだろうけど、自己愛性人格障害なら安っぽいアパートじゃ我慢できないだろうな」

「不相応に家賃が高いマンションにでも住んでるのかな」

「ああ。払えなくなって大家と揉めたりしてるだろうね」

美由紀はため息をついた。目に浮かぶようだ。「おそらくそうね。打ち負かされるのが嫌いなはずだから」

トム・スレーター

京都タワーから東へとクルマを走らせながら、ときおり停車して、西の空をデジカメのファインダー越しに眺める。

美由紀は確信した。このあたりだ。

直線距離にして約二キロ。西之原夕子が撮った画像の京都タワーと、ほぼ同じ大きさに見えていた。

そこは、小高い丘の上の住宅街だった。

どの家も真新しく、敷地の面積も広くて、ガレージには高級車がある。

裕福な層が住んでいることがわかる。賃貸物件らしきものもそこかしこにあるが、いずれも瀟洒（しょうしゃ）なつくりのデザイナーズマンションだ。

閑静にして気品のある街並み。夕子が住みたがりそうな場所ではある。

腕時計を見た。

午後一時四十分。まだ太陽は高いところにあった。

夕陽を待てばより正確な場所が割りだせるかもしれないが、いまは一分でも惜しい。

この周辺に間違いないのだ、隈なく調べるつもりで動きまわるしかない。

道端に停めたクルマに戻ろうとしたとき、静寂のなかに、甲高い女の声を聞いた。

なにを喋っているのかわからないが、怒り心頭に発して罵声を浴びせている、そんなふうに思える。

まさか……。

美由紀は駆けだした。

緩やかな坂道を上り、ていねいに区画整理された宅地のなかに延びる生活道路を、ひたすら走っていった。

行く手は、シンデレラを夢見る女がひと目見て気に入るような、ロマネスク建築風の装飾が施された白い外壁のマンションだった。

その玄関先で、管理人らしき中年男を前に激しく憤っている女がいる。

「だから言ってるでしょ」女はひときわ高い声でいった。「家賃なんか払えないって。管理人さんのほうの不手際でしょ」

「どこが不手際だってんだ。ほかの部屋の人はみんな滞りなく払ってるんだよ。難癖をつけて支払いを遅らせようなんて……」

「難癖とはなによ！　不動産屋の説明不足は管理人との連帯責任でしょ。契約のとき、あなたも一緒にいたじゃん！」

軽い偏頭痛が美由紀を襲った。

エンジいろのジャージを着た、金髪で派手な化粧の女。

まぎれもなく家具店の画像に写っていた、西之原夕子本人に相違ない。

予感的中ね。美由紀は心のなかでそうつぶやいた。

揉めごとを放置するわけにもいかない。美由紀は歩み寄りながらきいた。「どうかされたんですか」

管理人は美由紀を見て、怒りをあらわにしていった。「この女、部屋にお化けがでるから家賃が払えないとかぬかすんだ」

すかさず夕子は反論した。「なに、その茶化したような言い方！　わたしには実際に霊が見えるし、夜中には金縛りにもあったっての。こんな部屋に住みつづけるなんて、拷問に等しいじゃん」

「結構。引き払ってくれればいい。ただちにな」

「ええ、出ていってあげる。礼金も敷金も、いままで払った家賃もそっくり返却してもらったうえで、引っ越しの費用はむろんのこと、ここに住んだことによって受けた精神的苦痛に対する賠償を支払う覚悟があるのならね」

「馬鹿馬鹿しい。そんな話がどこにある」

「非常識ね。なんなら、地主さんの顧問弁護士に聞けば？　この一帯の土地を所有してる地主さんは、あなたみたいな雇われ管理人と違って知性豊かだろうからさ。当然、顧問弁護士もいるでしょ。わたしの言いぶんを伝えて、たしかめてみればいいじゃん」

一見乱暴な言い草に聞こえるが、夕子の主張は計算されたものだった。

やはり思ったとおりの人格の持ち主だと美由紀は感じた。

相手をやりこめるためには、とんでもない知性を発揮する。

しかも飽くなき執念を持ちあわせている。

勝利して溜飲を下げるまでは、決して引きさがろうとはしないタイプだ。

美由紀は仲裁に入った。「あのう、管理人さん。ここは彼女の言うとおり、地主さんと弁護士さんに報告されたほうがいいですよ」

「こんな女の言いぶんを聞けってのか！」

「ちがいます。彼女の主張が法的に認められるかどうか、確認すべきだと言ってるんです」

「そんなもの、聞くまでもない。ドアやエアコンの不具合じゃないんだぞ。取るに足らん話だ」

「そうでもありません。仮に、彼女が住む前からこのマンションに幽霊がでるという噂があったのなら、不動産業者および管理業者は、そういう心理物件についても事前に説明しておかなきゃならないんです。裁判所ではそれも瑕疵物件と見なします。裁判で勝つのは彼女ですよ」

夕子はふんと鼻を鳴らした。

「なんだって」管理人は目を見張った。「そんな不公平なことがあるか」

「だから」と美由紀はいった。「過去にそういう事例があったかどうか、地主さんに確かめなきゃならないと言ってるんです。もし、過去にそういうクレームをつけた住人がゼロであれば、彼女の言いがかりだと見なされる可能性もあります。ここで言い争っても、泥沼になるだけです。どうか確認のほどを……」

ちっと舌を鳴らし、管理人は踵をかえした。

遠ざかりながらも、管理人は振りかえって夕子を指差した。「たわ言だと立証されたら、叩きだしてやるからな」

「脅し文句は不利よ」夕子がいった。「ちょっとは頭を使ったら？」

管理人はぶつぶつと悪態をつきながら、マンションのエントランスに消えていった。

夕子が美由紀を見つめてきた。「法律、よく知ってんじゃん」

「けれど、地主さんが反撃してくるかも……」

「かまわないって。わたしの住んでる部屋ってさ、ふたつ前に借りてた人が首吊って死んだんだよね」

「……それって事実？」

「ええ。ちょっと手をまわして調べれば、そんなことすぐに明らかになるの。あの三階の角部屋。広くて間取りもよくて、借り手には不自由しない人気の物件だから、過去の傷についちゃ黙っておいたほうがいいって判断したんでしょ。よくある話」

美由紀はマンションを見あげた。

出窓のなかのカーテンは開いていて、夕子の部屋の壁と天井が見えている。

壁にかかったパネルには、ハリウッドスターのトム・スレーターのポスターがおさめてあった。

「トム・スレーターのファンなの？」と美由紀はきいた。

「さあ、ね。あのポスターは友達にもらっただけ。そんなにかっこいいとは思わないし、映画はそんなに観てないし」

すべてが嘘だと美由紀は思った。

夕子の下まぶたがわずかに痙攣（けいれん）している。すなわち、必要のない筋肉の緊張が見てとれる。

この女は、嘘をつくときに必要となる一種の緊張を絶やさずにいる。

トム・スレーターがすごく好きで、そのルックスに惚（ほ）れこんでいて、映画もよく観ているのだろう。

さらに、夢見がちな人格も覗（のぞ）いているように感じられた。

本気でハリウッドスターとのロマンスを妄想するタイプだろう。そうあるべき自分が、日本で人並みの日常を過ごしているというだけで屈辱に感じ、恵まれない人間であるという被害者意識からすべての犯罪を正当化する。

自己愛性人格障害が犯罪に結びつくときの典型的なモチベーションが、彼女のなかに存在している。

「ところで」と夕子はいった。「あなた誰？　見かけない顔だけど」

「わたし、岬美由紀。きょうから槇島町の家具屋さんで働いてて……。あなた、山城凜香さんよね？」

「はあ？　誰それ。知らない」

不意を突かれても動揺しない。

たいしたものだと美由紀は思った。もっとも、夕子の下まぶたは依然として痙攣しつづいているのだが。

美由紀はハンドバッグから茶封筒を取りだして、夕子に差しだした。「これを預かってきたんだけど」

夕子は中身を覗きこんで、小さくうなずいた。「ああ……。化粧品にデジカメね。どうもありがと」

「ってことは、やっぱり凜香さんでしょ？　わたし、店長にもちゃんと本人に渡したって報告しなきゃいけないから……」

「あんな店長の話なんかしないでよ！」夕子は瞬時に憤った。「たしかにわたしが受けとった。これで満足？　言っとくけど、わたしが住んでる場所をチクったら承知しないから。いまじゃもうわたし、あそこのバイトじゃないしね。住所は個人情報だから。じゃ、早く店に戻ったら？」

それだけいうと、夕子は背を向けて、さっさとエントランスのなかに歩き去っていった。

美由紀はため息をついてその場にたたずんだ。

どこまでも自分中心に世界がまわっていると信じる女。ＤＳＭの自己愛性人格障害の診断基準を、ほぼすべて満たしている。

　携帯電話が鳴った。素早く取りだして電話にでる。「岬ですが」

「美由紀」舎利弗の声が告げてきた。「さっきの件だけど、西之原夕子はたしかに京都中央総合病院の精神科に通院歴があるよ。今年の二月ごろだ」

「そう……。すると、あの家具屋さんの写真が撮られたころね。医師の見立ては？」

「自己愛性人格障害で正解だ。この種の患者はつきあう相手によって自分の価値を高めようとするところがあるから、最初は医者を過大に評価して、それから極端に貶めたりする。西之原夕子もそうだったらしいよ。最後は担当医を無能呼ばわりだってさ」

「ということは、治療を拒絶したってことね。自分に問題があることも自覚しようとしない」

「警察の世話になったことも多いみたいだ。未成年のころにも詐欺罪の容疑で逮捕されてる。知能犯だな」

「そうね」美由紀はうなずいた。「初めから自殺者がでた物件に目をつけて、家賃を不払いで済まそうと画策してた。自己愛性人格障害では幻覚は発生しないから、幽霊がでると本気で思っているわけでもないだろうし。すべて計画的犯行ね」

「やっかいな話だな。医師の記録によると、彼女は幼いころに両親が離婚し、蒸発してる。

発育早期に喪失を経験してるわけだ。母親の共感を受けた経験が乏しいと、自己愛性人格障害に陥りがちだというデータもある」

「彼女も被害者かもね……。けれど、重大犯罪に手を染めているのなら、見過ごすことはできない」

「……美由紀。お友達のことだけど」

「藍のこと？　どういう状況か聞いてる？」

「衰弱が激しいそうだ……。篠山里佳子さんも同様だよ。医療チームは全力をあげてるけど、対策が依然として見つかっていない。このままだと、あと一日持たないかも……」

「……わかった。なにかあったら電話して。それじゃ」

美由紀は重苦しい気分で携帯電話をハンドバッグにおさめた。

夕子の消えていったマンションを見あげる。

繊細なエクステリアが、いまは城砦(じょうさい)のように強固に思えてくる。

ひとりの女が人格障害に陥り、犯罪の被害に人々を巻きこむ。果てしない不幸の連鎖。

阻止せねばならないと美由紀は思った。そして、わたしは夕子をも救わねばならない。

わたしは臨床心理士だ。人格障害に苦しむ彼女をほうってはおけない。

ビジネス

夕子にとって、夜のファミリーレストランは職場のようなものだった。

仕事が終盤に差し掛かると、もういちど会って真剣に話をしたい、たいてい男のほうからそんなふうに呼びだしがかかる。

向こうにしてみれば崖っぷちの心境なのだろうが、あいにくこちらとしては、もう頂くべきものは頂いている。ここは消化試合のようなものだった。

「久美子」とその男は悲痛な顔をして、テーブルから身を乗りだした。「どういうことなんだよ、いまさら」

面倒くさい。イチから説明させるつもりか。だが、この男との関係を絶つためにも、この最終段階はぞんざいにはできない。

この男の名はなんだっけ。そうだ、塩梅忠生だ。

わたしのほうは奥村久美子を名乗っていた。

交際期間は半年。忠生の貯金、八百万円ほどをすべて吐きださせたところで、そろそろ幕引きと相成ったわけだ。

「どうもこうもないよ」と夕子は冷ややかにいった。「お付き合いは終わり。これにて終了。それだけのこと」

「終了って、そりゃないだろ。うちの両親にも会うっていったじゃないか。俺たちは婚約してるんだよ」

「はあ？　どこにそんな話があるの？　婚約指輪は？」

「だからそれは、次のボーナスが出たら……」

「夏のボーナスはもう出ちゃったじゃん」

「きみにエルメスのハンドバッグを買うのに使ったんだよ」

「そうだったね。でもハンドバッグじゃ婚約したことにはならないし」

忠生は黙りこんだ。ようやく不信感がこみあげたようだった。

「まさか……最初からそのつもりだったのか？」

「なんのこと？」

「とぼけんな。ネットで知り合って、付き合って……そういえば仕事や年収のことをやたら気にかけてたな。あれは結婚を考えてたからじゃなかったのか」

「考えてたかもよ。でもいまはそうじゃないし。人の心のなかは曖昧なものよね」

「だましたな。こいつは詐欺だ。いままでの金、耳を揃えて返せ！」

「なに言ってんの？　交際相手を詐欺呼ばわりだなんて。名誉毀損じゃん」

「もう付き合ってるわけじゃないだろ。おまえは俺の預金をぜんぶ奪って逃げるつもりだ」

「ちょっと」夕子は苦笑した。「周りの人が見てるじゃん。みっともなくない？」

「おまえが犯罪者だからだろ。返さないなら警察呼ぶぞ」

「ったく。女々しい話。警察呼ぶって何？　一一〇番するの？　そういう話は署のほうに相談してくださいって言われるだけ。でも警察署のほうも刑事事件じゃなきゃ被害届を受理しないし。結婚を前提としてたってことをしめす明らかな物証がないと、詐欺なんて言いぶん成り立たないから」

「べ……弁護士に相談してやるよ」

「すれば？　民事訴訟ってことよね。でも弁護士さんに払うお金ないでしょ？　市役所とかの無料法律相談って、時間は短いし弁護士の対応も投げやりだしね。向こうも貧乏人は救う価値なしと思ってるんでしょ。せいぜい頑張ってね」

「こっちには借用書があるんだぞ。忘れたのか。きみが新居を探すための頭金を貸してあったたろ。四百万だ。たしかにお借りしましたっていうきみの手書きのメモを、俺は受け取ってる。返せなかったらなんでもしますって、きみが進んで書いたじゃないか」

「もう……。忠生。わかってないなぁ。それだから会社でも出世できないんじゃん」

「なんだと?」

「返せなかったらなんでもします、なんて言いまわしが入ってたら、公序良俗に反する取り決めと見なされて、借用書としては無効になるの。そのほかのお金も、男女の交際費の範疇ってことで、詐欺だなんて主張は誰にも受けいれられない」

「……ぼ、墓穴掘ったな。録音録ってるぞ」

「へえ。見せて」

「見せる必要なんかない」

「あ、そう。じゃ話も終わりね」夕子は腰を浮かせた。

「待てよ」忠生があわてたようすで制した。懐から携帯電話を取りだして、緊張した面持ちで告げた。「これだ。録音機能もある」

「はぁ……。忠生ってほんと、おめでたいのね。それauのW43CAじゃん。通話を録音できても、ICレコーダーの代わりになる機能なんて付いてたっけ? 録音に有効なのは、こういう物よ」

夕子は胸ポケットから、ペン型のＩＣレコーダーを取りだしてみせた。

忠生は愕然とした。「録音したのか。いまの……」

「そう。あなたが嘘をついてわたしを脅したところをね」

「ふざけるな。おまえはその前に俺を……」

「そんなの編集でどうとでもなるから。じゃあね、ばいばい。ごちそうさま」

「ごちそうさまって……」

「貯金は底をついてもお財布に六千円ちょっと残ってるでしょ。それがあなたの全財産だけど、ここの支払いぐらいはできるでしょ。じゃ。永久にさよなら」

石のように固まって、呆然とこちらを見つめる忠生を尻目に、夕子は席を立った。

ちらと腕時計に目を走らせる。

七分か。わたしとしたことが、このていどの男に時間をかけすぎた。次からはもっと要領よく別れないと。

商売の鉄則

夜のファミレスを出て、夕子は裏の駐車場に向かった。

クルマが置いてあるわけではない。外を出歩くときは、なるべく人目につかない裏通りを歩くだけのことだ。

バージニアスリムを一本くわえてライターで火をつけ、歩きながら携帯のメールをチェックした。

次に釣れそうな男は誰だろう。

生活費が苦しくなっている。なるべく大金を吐きだしてくれる輩がいい。

と、ファミレスの裏手が妙に騒がしかった。

壁ごしに厨房のあたりから、怒鳴るような声がする。おい、それをどうするつもりだ。返せ。

だしぬけに勝手口が開け放たれた。夕子の前に姿を現したのは、たったいま別れたはずの男だった。

夕子は驚きとともにつぶやいた。「忠生……」

忠生は無言のまま、怒りに燃える目でこちらをにらみつけていた。

その手に握られているものを見たとき、夕子はすくみあがった。

「久美子」忠生は肉きり包丁をぶら下げながら、つかつかと近づいてきた。「なめんなよてめえ。金を返せ！」

「やめてよ」夕子は恐怖に震える自分の声をきいた。「なにする気なの。人殺し！」

「おまえが俺を嵌めたんだろが！」忠生は包丁を振りあげて襲いかかってきた。

足がすくんで動かない。悲鳴をあげて夕子は顔をそむけた。

だが、刃が振り下ろされる気配はなかった。

固くつむった目を開けたとき、夕子は衝撃を覚えた。

夕子の頭上数センチで、包丁は静止していた。その手首をつかんでいるのは、どこからともなく出現したひとりの女だった。

その女の顔を見たとき、夕子はさらなる驚きを覚えた。

昼間、マンションの前で会った女だ。名前はたしか岬美由紀といった。

「凶器はだめよ」美由紀は忠生に低くいった。「こんな場所で女を襲うなんて、同情の余地なし。世間はそう見るわよ」

美由紀に突き放されて、忠生はよろめきながら後ずさった。

忠生はなおも包丁を振りかざし、美由紀に突進していった。「畜生め。おまえもグルか」

ところがその瞬間、美由紀の脚は地を這(は)う蛇のように繰りだされ、忠生の膝(ひざ)に蹴(け)りを浴びせた。

忠生がバランスを崩したところを、美由紀は背を丸めて低く手刀で一撃を見舞った。

それがなんという技なのか、夕子には知るよしもなかった。だが、本格的な格闘技に違いない。

弾(はじ)き飛ばされた忠生は壁に背を打ちつけ、その場に尻餅(しりもち)をついた。包丁は遠くに投げだされた。

夕子が唖然(あぜん)としていると、美由紀がこちらを振りかえった。

「あ……。た、助けてくれてありがとう。なんかさ、この人が突然襲ってきたの。見るからに変態じゃん。最近暑いからかな。ストーカーが多くてさ……」

と、美由紀は素早く夕子の胸もとに手を伸ばし、ポケットからＩＣレコーダーをひったくった。

「ちょっと」夕子はあわてた。「それは……」

美由紀はICレコーダーを、まだ地面にへたりこんだままの忠生に投げて寄越した。目を丸くした忠生に、美由紀が告げる。「戦うなら正々堂々とやって。それがあれば弁護士に相談できるでしょ」

忠生は口をぽかんと開けていたが、やがて立ちあがると、すまない、神妙な顔でそうつぶやいて、走り去っていった。

しばし呆気にとられていた夕子は、しだいに憤りがこみあげてくるのを感じた。

「なによ」夕子は美由紀に抗議した。「あなたってどっちの味方？　あんな男に……」

が、次の瞬間、美由紀の平手が夕子の頬を張った。

あまりに突然のことで、状況を理解するまで時間がかかった。

気づいたときには、頬に痺れるような痛みを覚えていた。

美由紀は夕子の胸ぐらをつかんで、顔をくっつけんばかりにしてつぶやいた。「一緒に来てくれる？」

力が敵わない相手には刃向かわない。それもこの商売の鉄則だった。

夕子はおとなしくつぶやいた。「はい……。でも、あのう、ひとつ聞いていい？」

「なによ」

「あなたのことよく知らないんだけどさ……。どの男と付き合ってる人？」

カウンセラー

美由紀は夕子をＣＬＳ５５０の助手席に乗せて、夜の東名高速を走らせていた。

夕子はずっとふさぎこんでいる。

落ちこんでいるような表情を取り繕っているが、内心はふてくされているのだろう。悲しみを感じると、両眉の内側の端だけが引きあげられ、視線が落ちるはずだ。夕子にはそれがない。

「夕子さん」美由紀はステアリングを切りながらきいた。「篠山里佳子さんっていう名前に心当たりある？」

「……いいえ」

横目でちらと見ただけだが、夕子の言葉の真偽はすぐにわかった。過度の緊張と警戒。あきらかに嘘をついている。

「ねえ。わたしはあなたをただ責めているわけじゃないの。夕子さんがほんとは悩んで、苦しんでいるのも知ってる。悪い状況から抜けだしてもらいたいのよ」

ふっと夕子は力なく、鼻で笑った。「悪い状況って？　忠生は明日にも訴えてくるじゃん。どうせわたしは豚箱行き。いまさらなにをどう抜けだすの？」

「犯した罪のことばかりを言ってるんじゃないわ。あなたがそうせざるをえなくなった心境と、その裏に潜む問題を浮き彫りにしていきたいのよ」

「はん。心の病とかそういうやつ？　小さいころに親に捨てられたから、そのトラウマをひきずって悪の道に走ったとか？」

「トラウマなんてないの。でも親と心を通わす機会がなかったことが、いまのあなたに大きな影響を与えていることはたしか」

「前に会った精神科医もおんなじこと言ってたかな。……それにしてもいいクルマね。女医さんなの？　あなたほど強けりゃ、セレブって吹聴して誘拐犯に狙われても、かんたんに撃退できるだろうね」

「わたしは医師じゃないの。カウンセラーよ」

「ふうん。カウンセラーか……」

美由紀はかすかな落胆と苛立ちを覚えていた。

こんなときにも感情を読むことができる自分が腹立たしい。ふつうなら、夕子が反省しつつあると都合のいい解釈をして、ほっと胸をなでおろすことができるだろう。

だが、わたしには無理だ。

夕子はただ、カウンセラーという職種が詐欺に生かせそうだと感じたにすぎない。おとなしくしているのは、わたしを観察して本物のカウンセラーらしく振る舞うすべを学びとろうとしているだけだ。

自己愛性人格障害か。前途は多難だ、美由紀は心のなかでそうつぶやいた。


深夜零時をまわったころ、美由紀はＣＬＳを千代田区立赤十字医療センターの正面玄関前にぴたりとつけた。

正面のエントランスは閉ざされ、ひっそりと静まりかえっている。

報道陣もいない。マスコミへの規制は徹底しているらしい。この病院のなかが戦場のようなありさまだとは、誰にも想像がつかないだろう。

美由紀はシートベルトを外しながら、夕子にいった。「ここで待ってて。どこへも行かないでよ。あとでわたしの部屋に連れてってあげるから、そこで休めばいいわ」

「わかった。言われたとおりにする」

ドアを開けて外に出る。夜の都心部、気温はさがっていた。

「ねえ」夕子が呼びとめた。「わたしを信用するの？」

むろんそうだと美由紀は思った。「ええ。いまのあなたのひとことは、嘘じゃないってわかったから」

眉をひそめる夕子を車内に残し、美由紀はクルマのドアを閉めた。

動画

エレベーターでいったん無菌室のフロアにまで上がり、美由紀は化学防護服を身につけた。ヘルメットを脇に抱えて、またエレベーターに引き返す。

そのとき、開いた扉から舎利弗が降りてきた。

「あ、先生」と美由紀はいった。

「美由紀。戻ってきてたのか」

「ええ、いま着いたところなの。先生もこんな夜遅くまで……」

「こんな状況じゃ寝てられないだろ。まだ感染してない不潔恐怖症の人たちに、明朝も集まってもらうことにした。今度はこの病院にね」

「ここへ？　まさか、どんな事態が起きているかを説明するつもり？」

「それしかないと思うんだ……。許可が下りないことはわかってるけど、いま不潔恐怖症でいることがどれだけ危険かを、彼らに悟ってもらわないと。きみからも、防衛省の人に進言してくれないか」

「でもそれは……」

美由紀は口ごもった。

舎利弗はこれが重大な感染症だと認識していても、旧日本軍の生物化学兵器が原因になっているとは知らない。

危険物の放置の責任を問われまいとする国の意志が働いていることも、彼には打ち明けられない。


防護服とヘルメットで全身を覆ってから、美由紀は特殊入院棟のフロアに降り立った。

夜中だというのに大勢の人間が立ち働いていた。

廊下を行き交う人々は誰もが防護服を着用しているせいで、外見上は職員か身内かは判別がつかない。

それでも、動作はふたつのタイプにくっきりと分かれている。せかせかと動きまわる職員たちと、疲れたようにうなだれて歩く患者の家族たちだった。

里佳子が収容されている部屋を覗きこんだが、ベッドの傍らに寄り添うように座る篠山正平の姿を見て、声をかけるのをためらった。

ヘルメットのフードで遮られ、頬を触れあわせることさえできない。愛し合うふたりにとっては、それがどれだけ残酷なことか想像もつかない。

無言のまま、美由紀はその部屋を通りすぎた。

やがて藍のいる部屋に近づいたとき、廊下の長椅子から立ちあがる者がいた。

顔を見合わせてようやく、それが由愛香だとわかった。

由愛香は泣きじゃくりながら抱きついてきた。美由紀はなにもいえずにその身体を受けとめるしかなかった。

廊下には、あとふたりの防護服がいた。

藍の両親だった。美由紀は初めて顔をあわせるふたりに、ただ頭をさげることしかできなかった。

初老のふたりは終始無言だった。母親は大粒の涙をこぼしている。ヘルメットを被っているせいで、それを拭うこともできずにいる。

美由紀は由愛香とともに、部屋に入った。両親は外で待つらしい。わが子の辛そうな姿を何度も目にすることには、耐えられないのだろう。

ベッドに歩み寄ったとき、さすがに美由紀は殴られたような衝撃を覚えた。

たった一日で、藍は変わり果てていた。

げっそりと痩せこけて皮と骨だけになり、赤い斑点は紫いろに変色しつつある。額の腫れだけが異常に大きくなっていて、無数の血管が浮きあがっていた。閉じたまぶたの下の眼球が、そのかたちがはっきりとわかるほどに隆起してみえる。目のまわりの肉がおちてしまったからだろう。

その目がぼんやりと開いた。

さまよう視線が美由紀に向く。血走った目の虹彩が、美由紀を見つめた。

胸に締めつけられるような痛みを感じながら、美由紀は声をかけた。「藍……」

藍の表情はもはや変化をみせなくなっていた。表情筋が機能を失っているのかもしれない。

それでも藍がつぶやいた。「美由紀さん」

「藍」自然に涙がこぼれてくる。「ごめんなさい」

「……なんで謝るの？」

「だって……。わたし、なにもしてあげられなくて」

「そんなことないよ。……ねえ、美由紀さん。これって、わたしが不潔恐怖症だったせいだよね？」

「え……？」

「清潔にしすぎるとよくないって話、何度も聞いたもん。シャンプーだって何回もすると、髪の油が落ちすぎて、かえって悪くなるって……。同じことだよね。きれいにしすぎてたから、ばい菌に抵抗できなかったんだよね」

「どうしてそれを……」

美由紀は顔をあげた。由愛香と目が合う。

由愛香は涙をこぼしながら、悲痛ないろを浮かべていった。「仕方なかったの……。藍がわけを聞いてくるから……。黙っておくなんて、かわいそうで……」

真実を知るほうがよほど辛いかもしれない。

けれども、由愛香を責めることもできない。藍が理不尽に感じる苦しみを和らげてあげたいと思った、そんな彼女の心情は痛いほどわかる。

「美由紀さん」藍がささやいた。「せっかく美由紀さんが、何度も気遣ってくれたのに……。わたし、不潔恐怖を治せなかった。それでこんなことに……」

「ちがうのよ。悪いのは、こんなウィルスが大気中に蔓延(まんえん)していることなの。専門家がきっとワクチンを作ってくれる。絶対に助かるから」

「ねえ。……そのテーブルの上」

なんのことだろう。美由紀は辺りを見まわした。

ほどなく、ワゴンテーブルに載せてあったカメラ付き携帯電話に目をとめた。藍の携帯だ。

「これ？」と美由紀はそれを手にとった。電源は切ってあった。

「そう。動画で、わたしを撮って」

「……どうして？」

「こんなことになるって判ってれば、わたし、不潔恐怖症を克服できてたような気がするの。不潔恐怖の人、まだ大勢いるんでしょ？　いま治しておかないと、わたしみたいに感染しちゃうから……。その人たちに、撮った動画を見せてあげて。きっと治るから……」

「藍……」

同じ不安障害の悩みを抱く人々の身を、彼女は直感的に案じたのかもしれない。

そして、どのように伝えれば共感を得られるのかも、理解しているのかもしれない。

だが、たとえそうであっても、いまの藍にカメラを向けることなどできない。

「藍。無理よ……。そんなこと……」

「お願い」藍はうっすらと目に涙を溜めながらいった。「これが最後の頼みになっちゃうかもしれないから……。だから早くして」

せつなさに指先が震える。美由紀はなにも言えなくなっていた。

死期が近いことを感じているのか。藍はなにか自分ができることを必死で見つけようとしている。世に貢献を遺したいと願っている。

その思いをどうして無視できるだろう。誰が否定できるだろう。

「わかったわ、藍……。だけど、ひとつだけ信じて。あなたは助かる。ほかのみんなも……」

表情を失った藍の目に、かすかに笑みが浮かんだ気がした。

「美由紀」由愛香がささやくようにいった。「わたしが……撮ろうか?」

「いいの」美由紀は携帯の電源を入れながら、静かにつぶやく自分の声をきいた。「わたしがやるから……」

友人

午前九時。

美由紀は千代田区立赤十字医療センターの二階にある視聴覚ホールに向かった。

すでにホールには大勢の人々が集まっているときいた。臨床心理士会が招集した、不潔恐怖症の人々だった。

舎利弗が説明にあたっているというが、おそらく苦戦しているだろう。

扉の前に立ったとき、ホール内から舎利弗の声が聞こえてきた。

「ですから、そのう……連日のようにお呼びだてして、申しわけなく思っております。しかし私どもとしては、みなさんに不潔恐怖症を克服していただかないと……」

「だから」参加者らしき男性の声が響く。「いったいどんな病原体が蔓延してるっていうんだ？　いまから手も洗わず、風呂にも入らない生活を送ったんじゃ、その病原体にたちまち感染するじゃないか」

「そうではありません。いいえ、その可能性もなくはないんですが、でも、このまま無菌状態に近い暮らしを送っていると、必ずいつかは感染します。なので、賭けではありますが、人並みに免疫をつけるような生活をしていただくほうが……」

ヒステリックな女の怒鳴り声がきこえた。「それ、わたしたちを人並み以下と見なしてるってこと？」

同意をしめすような野次が飛ぶ。ホールは喧騒に包まれた。

舎利弗があわてたように声を張っている。「いいえ、どうかご静粛に。けっしてそんなつもりでは……」

堪りかねて、美由紀は扉を開け放った。

ホールはしんと静まりかえった。

座席を埋め尽くす人々の目が、いっせいにこちらに振り注ぐ。

「あ」舎利弗が面食らったようすでつぶやいた。「美由紀……」

ひそひそと囁きあう声がする。岬美由紀さんだ。あれが岬先生？　初めて見た。

美由紀は演壇の脇にある機材の制御卓に向かった。

すぐ近くに徳永が立っていた。美由紀はＳＤカードを取りだして、徳永に渡した。

「なにかデータが入ってるのかい？」と徳永がきいた。

「ええ。動画なの。モニターに映せる？」

「たぶんね。やってみるよ」

徳永が機材をいじりまわす。ほどなくして、ホールの照明が消えた。

正面の演壇に大きな白いスクリーンが下りてくる。観衆の頭上にあるプロジェクターから、映像が投映された。

痩せ衰えて、異常な斑点と炎症だらけになった雪村藍の顔が映しだされると、人々は悲鳴に似た声を発した。顔をそむけている人もいる。

不潔恐怖症であるなら当然の反応だ。

しかし、美由紀はその反応が許せなかった。

「静かに！」美由紀は憤りとともに怒鳴った。「しっかりと画面を観て、声を聞いて！」

人々はびくついたようすで沈黙した。

「わたしは」かすれるような声がホールに響く。「雪村藍といいます。二十五です。……みなさんと同じ、不潔恐怖症でした」

ざわっとした声が観衆にあがった。

姿勢を正して画面に見いった人々も少なくなかった。

「こんな姿を見るのは、とても嫌だと思います……。わたしも、テレビで病気のニュースが流れるたびに、チャンネルを変えてたし、それだけでは落ち着かなくなって、やたらと手や顔を洗いたくなってましたから……。お気持ちはよくわかります。ごめんなさい。でも、いちどきりのことですから、聞いてください……」

美由紀は人々の変化に気づいていた。

もう目を逸らしている者は誰もいない。全員がスクリーンを直視している。

藍は人々に語りかけていた。「わたし……そんなに神経質になるなとか、あれもこれも汚くないとか、そんなふうに説教されるのがすごく嫌で……。どれだけそれが清潔だなんて言われても、触りたくないものは触りたくないし、綺麗にしておかないと気がすまないし……。何が悪いことなのって、そう思ってたんです。けど、おかげで免疫力がなくなってたみたい。わたしのほかにも、同じ悩みの人たちが、感染しているって聞きました。少しずつでも、ごく普通の生活に慣れて、身体を順応させていかないと……」

そのとき、扉が乱暴に開け放たれた。

ホール内に踏みいってきたのは、一見して役人の群れとわかるスーツ姿の集団だった。制服組もいる。陸自の芳澤将補も含まれていた。

防衛省の西海が怒鳴った。「上映を中止しろ」

「岬」芳澤が険しい目つきを向けてきた。「この映像はなんだ。機密事項という言葉の意味がわかっていなかったのか。元幹部自衛官のきみを信頼して協力を求めたのに、こんな……」

ところが、観衆のひとりから声が飛んだ。「しっ！　静かにしてくださいよ！」

芳澤は驚いたようすで押し黙った。

観衆は真剣な面持ちでスクリーンを見つめていた。

その視線は、痛々しい姿を晒しながら語りつづける藍の顔に向けられている。

「お願いです」藍の声が響いた。「美由紀さんたちの助言に耳を傾けて、徐々に普通の生活に慣れていってください。治したいって思いは、わたしたち全員の心のなかにあったはずです。こんなことになるなんて、予想もつかなかったけど……。無菌状態で栽培された植物は、外にだすとたちまち死んじゃうって聞きました。わたしはそういう運命だったのかも……。でもみなさんは、そうならないでください。外気に適応してください。ひとりでも助かれば、わたしが訴えた意義はあると思うから……。わたしが生きてきた意義も……」

藍は疲れたように目を閉じた。溜めていた涙がこぼれて、頬を流れおちている。

動画はそこで終わった。

徳永の操作で、ホールに明かりが戻り、スクリーンの映像は消えた。

しばらくのあいだ、ホールのなかは静寂に包まれていた。

誰も身動きひとつせず、視線を落とし、黙りこくっていた。

やがて、ひとりの男性が立ちあがっていった。「窓を開けてくれ。外の風を入れよう」

舎利弗が目を丸くした。「いいんですか？」

「ああ。まずは始められるところから始める。それでいいと思う」

否定する者は誰もいなかった。

拒絶する者もいない。

無言のなかに同意をしめしている。

配電盤に向かった徳永がスイッチをいれると、電動の窓が音もなく開いた。

クルマの走行音や、朝の通勤時間を迎えた歩道を行き交う人々の靴の音、言葉を交し合う声。雑多な音が流れこんでくる。むろん外気も。

それでも男性は深呼吸して告げた。「思っていたほど悪くないな。さて、早くから呼びだされて腹が減った。ずっと外食するのをためらっていたが、きょうは向かいのファミレスに入るよ」

人々がざわつきながら席を立ちだした。

女性も微笑とともにいった。「わたしもきょうはひさしぶりに、電車通勤してみようかしら」

「じゃ俺は朝風呂に入らないことにする。そうだな、たまにはそうしてみるか。人々は笑いあいながら、雑談とともにホールの出口へと流れていった。

芳澤や西海、役人の連中はただ呆気にとられたようすで、ぽかんとしてその状況を眺めている。

「美由紀」舎利弗が興奮ぎみにいった。「すごいな！　みんなの理解を得られた。あんなに苦労してたのに。不可能が可能になった」

徳永もうなずいた。「雪村藍さんの病状をまのあたりにしたことが、意識改革につながったんだろう。自分の姿を晒した彼女の勇気に敬服するよ」

いいや。本当の勇気は、藍が人々に語りかける道を選んだことだ。美由紀はそう思った。感染への恐怖を知らしめるだけでは、彼らの思考を変えることはできない。藍が、自分と同じ悩みを持つ者の身を案じて語りかけたことが、人々の心を動かしたのだ。

ありがとう、藍。美由紀は心のなかでささやいた。わたしにとってあなたは、最高の友人でありつづける。これからもずっと。

愛情の真贋

防護服を着て入院棟に戻った美由紀は、藍のベッドを訪ねた。

藍は眠っていた。

医師によれば小康状態を保っているという。

衰弱していることに変わりはないが、人の役に立てたという実感が、わずかばかりの生きる力につながっているのかもしれない。

由愛香は仕事に行くといって出ていった。

複数の飲食店経営を切り盛りする立場としては、ここに留まっているわけにもいかないようだった。

夜になったらまた来るから、と由愛香はいっていた。無理しないでと美由紀は告げた。

篠山里佳子のほうも眠っていたが、ほぼ昏睡状態に近いと見なされていた。ずっと意識が戻っていないという。

夫の正平も、仕事でやむなく職場に赴いたらしい。

万一の場合に連絡を受けられるように、看護師に名刺が渡されていた。

美由紀はそれを見た。茅場町の骨董商、霧島商会東京支社。

この職場に行って篠山正平に会い、不潔恐怖症の人々に変化が起きたことを伝えてあげよう。美由紀はそう思った。

不可能が可能になることを知れば、彼も希望を感じられるかもしれないからだった。

午前十時半すぎ、美由紀は茅場町の小さな雑居ビルの前にCLSを停めた。

看板によれば、霧島商会はそのビルの四階にあった。

エレベーターで昇って四階に足を踏みいれる。

支社といっても、実際には店舗兼事務所といった様相を呈しているようだ。

ガラス戸を押しあけた向こうには、雑多な骨董品の類いが押しこめられていた。

掛け軸、屏風、古陶器に額がところ狭しと並んでいる。

それらの品々の隙間に事務机がいくつか点在しているが、社員の姿はひとりしか見受けられなかった。篠山正平が、机に両肘をつき、頭を抱えてうつむいている。

「篠山さん」と美由紀は声をかけた。

「……ああ。岬さん」と篠山は顔をあげて、ぼんやりと応じた。

「ここが新しい職場ね。ほかの社員は？」

「みんな営業に出かけてるんです。私はまだやることがないので……」

「そう……。ねえ、知らせたいことがあるの。まだ感染していない不潔恐怖症の人たちが、生活習慣から改めてくれるって約束してくれたのよ」

「……どうしてそんなことに？」

「わたしの友達が……藍が説得してくれたから。状況を知って、誰もが自分を変えていくことにためらいを感じなくなったの。無理に思えても、変化を生じさせることはできる。だから篠山さんも希望を信じて……」

　ところが、篠山の反応は予想しえないものだった。

「変化？」篠山は顔をひきつらせていた。「それが変化だって？　どこが？　折り込み済みのことじゃないか」

　美由紀は面食らった。どういう意味だろう。

「あの……篠山さん、どうかした？」

　口を滑らせてしまった、そんな居心地の悪さを感じているらしく、篠山は気まずそうに目を逸（そ）らした。

だがその視線がふたたび美由紀に向く。

篠山は憤りのいろを浮かべていった。「わかってたってことだよ。これだけの感染症が蔓延したら、不潔恐怖も治さざるをえなくなる。誰もが心を入れ替える。当然のことだろう」

「……え？」

そのとき、事務所の奥で女の声がした。

「簡単な話。世間のそんな風潮によって、里佳子が不潔恐怖を克服できるはずだったからよ。ところが彼女が真っ先に感染しちゃうなんて、運命の皮肉ね」

屏風を乱暴に押し倒して、その女は姿を見せた。

西之原夕子だった。

「な……」美由紀は衝撃とともにつぶやいた。「なんでここに……？　わたしの部屋を抜けだしたの？」

「すごくいい部屋に住んでるのね、美由紀さん。広々としてて、グランドピアノまで置いてあって乙女チック。カウンセラーって儲かるんだね。兄のしょぼい商売とは大違い」

「兄って……」

篠山が立ちあがり、倒れた屏風を起こしながらいった。「それなりに値がつくものだぞ。

乱暴に扱うな」

　夕子はせせら笑った。「パチモンばっかりのくせに。見る目もないのに骨董商なんかで働いちゃってさ。唯一、金になるものが持ちこまれたのに馬鹿げた使い方しかできなかったし」

「どういう意味だ、それは。あれは里佳子のために有意義に……」

「だからさ、結果はまるで無駄骨だっての」夕子はつかつかと篠山の机に近づくと、引き出しを開けた。

「おい、よせ！」

　だが夕子は篠山の制止を振りきって、取りだしたものを机の上に投げだした。

　それはひどく古びた書類の束だった。茶いろに変色した紙の表面に、タイプした英文が並んでいる。

　うっすらと浮かぶ鷲（わし）の印章を見たとき、美由紀は愕然（がくぜん）とした。「これって……」

「冠摩、ってんだっけ？」夕子はあっさりといった。「山形県西村山郡の祠堂山にちっぽけな研究施設があって、ＧＨＱによってウィルス兵器のサンプルが押収されたって書いてある。ほんとかなって思ったけど、秋田県大潟村の太平洋戦史展示館に行ってみてびっくり。記述どおりのビンが置いてあるじゃん」

「盗んだのは……あなたなの？」

「冗談。そんなことして、なにかわたしの得になる？　展示館にコソ泥みたいに押しいって、ビンを盗んできたのは兄よ」

美由紀は篠山を見た。

篠山は苦い顔で目を逸らしていた。

「あなたたちは……」美由紀はきいた。「兄妹なの？」

「戸籍上は違う」篠山はつぶやいた。

夕子が怒鳴りつける。「なにが戸籍上よ！　お兄ちゃんはお母さんの実の子で、わたしは違う。それだけのことでしょ」

「隠し子が見つからないように親父があれこれ画策したんだ。結局、なにもかも発覚して、母は父のもとを去った。俺もおまえも別々の暮らし、人生が待ってた。それでよかったんだ」

「ちっともよくないわよ。ずっと一緒に暮らしてきたじゃん。それをあんな女に……」

「あんな女だと？　里佳子は俺の最愛の妻だ！」

「ああ、そう。最愛の妻ね。それがどう？　不潔恐怖になっちゃって、生活はめちゃくちゃ。あらゆる手を尽くしても里佳子の症状はおさまらない。夫婦で触れあうことさえできないから、子づくりも期待できなくなった。永遠に子供ができないなんて、お兄ちゃんには耐え難いことだったんでしょ？　で、思いついたことが、この冠摩ってのを利用する手だった」

「……それぐらいにしておけ」

だが、夕子は喋るのをやめなかった。「この文書ってのにさ、冠摩は熱帯地方の空気中に蔓延させれば増殖して、感染症が広まるって書いてあったもんね。清潔に暮らして免疫が不足している人ほどかかりやすいとも記載されてる。いまの日本なら気温の高い日にはウィルスが増殖するだろうし、不潔恐怖の人々に感染者が続出してるっていうニュースが広まれば、里佳子も恐れをなして立ち直ってくれると思った。でも感染しちゃうなんてね。天罰てきめんとはこのことね」

「篠山さん」美由紀は呆然としながらいった。「ぜんぶ、あなたが企んだことだったの……？」

「……そうだよ」篠山は声を震わせていた。「妻のためだ。里佳子のためならなんだってやる」

「そのために大勢の人が苦しむことになるって、わかってたんでしょ？」

「他人のことなんて……。そんなの、それぞれの家族が気遣えばいいことだ。俺は彼女を愛している。犯罪だろうとなんだろうと、ためらいなくやってのけるさ」

夕子が苦笑ぎみにいった。「やれやれ。きのうネットで検索したらさ、岬美由紀先生ってすごい人じゃん。超有名人じゃん。びっくりしたけど、ほんとはそうでもなかったみたいね。なんにも気づいてなかったの？　こんな気弱な兄の嘘に騙されてたってんの？　千里眼が本心を見抜けないなんて、どうなってんの？　いっぺん眼科に診てもらえば？　角膜に異常がなければ、水晶体がおかしくなってるのかもよ」

美由紀はなにもいえなかった。

本心を見抜けなかったわけではない。

見抜いていたから真実に気づけなかったのだ。

生物兵器を盗みだし、散布して大量殺戮を企てる。犯人は悪意と反社会的思想に満ちていると考えられた。

犯行をひた隠しにして生きているのなら、欺瞞によって飾り立てた日々を過ごしているにちがいない、そうも思っていた。

だが、篠山正平の動機はまるで違っていた。

純粋な妻への愛情に裏打ちされたものだったのだ。

彼はそれを悪意あることとは思っていない。罪の意識もない。だからわからなかった。

「そうか……」美由紀はつぶやいた。「篠山さん。山形で覆面パトの後部座席に乗りあわせたとき、あなたはわたしにいったわよね。いまから告げる言葉が本当か嘘か見抜いてくれって。あなたはいった。妻は潔白だ、僕はそう確信してる、って。その言葉には嘘はなかった。だからわたしはあなたを信用した……」

夕子が甲高い声で笑った。「やるじゃん、お兄ちゃん。そりゃ里佳子が犯人じゃないってことは確信してるよねぇ？　真犯人はお兄ちゃんだったんだから。千里眼を相手に一部だけ真実を強調して、全体を信じさせる。お兄ちゃんもいい詐欺師になれるんじゃん？」

「お前とは違う！」篠山は怒鳴った。「お前は俺の邪魔をしてばかりじゃないか」

「お兄ちゃんがあんな女に熱をあげてるからでしょ。学歴やら家柄のよさを鼻にかけるなんて、むかつく女」

「この……」篠山は憤りをあらわにして夕子に挑みかかった。

「待って！」美由紀はすかさず立ちふさがって制止した。「あなたこそ、自分のやってることがわかってるの？　大勢の人の命が危険に晒されてる。あなたのやってることは無差別殺人よ」

「それは……違う。違うんだよ。みんな助かるはずだった。感染症が広まっても、ワクチンが開発される。妻の不潔恐怖が治るころには、感染した人たちも完治する予定だった」

「どういうことよ。なぜワクチンが開発できると思ってたの？」

「日本軍が遺したワクチンの成分表と化学式を、警察がいずれ見つけるだろうと思ったからだ」

「成分表って……どこにあるの、それは？」

「……もうないんだ。灰になった。夕子が山ごと焼き払ったから……」

はっとして、美由紀は振りかえった。

夕子は身を翻して逃走をはかった。

古美術品の山の向こうに跳躍し、事務所の奥へと逃げていく。

美由紀はそれを追おうとしたが、そのとき、篠山も逃げだす素振りをみせた。

一瞬の判断だった。

夕子を野放しにはできない。だが、篠山は机の上の書類をひったくり、持ち去ろうとしていた。

冠摩に冠するGHQの記録文書。失うわけにはいかない。

すかさず美由紀は篠山に飛びかかり、床に押し倒した。

陶器の類いが辺りに転がり落ちて、甲高い音とともに割れて破片を飛び散らせる。

「放せ！」篠山はもがいていた。「ぜんぶ妻のためにやったことだ。妻のために……」

「黙って！」美由紀は怒鳴った。

ビルの外壁から金属音が響いてくる。

非常階段を駆け降りる音。夕子の足音に違いなかった。

妹は逃がした。だが、兄のほうは確保した。

列島全土に広がる死の感染症の元凶、その身柄を拘束した。

憤りとともに、美由紀はこみあげてくる悲しみを感じていた。

わたしはこの男が妻を想う、揺らぎない愛の存在を確信した。だがそれは、歪んだ愛でしかなかった。

本物の愛を知っていれば、騙されずに済んだかもしれない。愛情の真贋。またしても、わたしには見抜けなかった。

復帰

正午をまわった。美由紀は市谷の防衛省E棟、内部部局のフロアにある大会議室にいた。

緊急招集されたこの会議の列席者はそうそうたるものだった。

防衛参事官と陸上幕僚長、幕僚監部。

内部部局各局の長も出席している。

警察庁からも、相応の面々が出向してきていた。

それでも会議の進行役は、これまでの状況を知る防衛政策局の西海勉次長と、陸自の芳澤康彦将補に任されているようだった。

西海は老眼鏡をはずしながら、手もとの書類のコピーを会議テーブルに押しやった。

「驚くべき文書の流出だ」西海は眉間に皺を寄せた。「これは東京裁判における、GHQ側がまとめた証拠文書の一部だ。防衛省や在日米軍に現存する資料に匹敵、いや一部はより詳しく記載がなされている。民間に出まわって、骨董商の手に渡っているとはな」

防衛参事官のひとりがいった。「さほど珍しいことではないよ。この種の文書は膨大で、終戦後に進駐軍が引き揚げる際に大量に処分されたが、その管理は徹底されていたとは言いがたい。記念に持ち帰ったり、金になると踏む不届き者がいないほうがおかしい状況だった」

「とにかく、これを翻訳して冠摩の存在を知った篠山正平が、それを盗みだして散布したわけだ。どのあたりにばら撒いたか自白したか?」

警察庁刑事局の人間が応じる。「警視庁のほうで取り調べがおこなわれてるが、秋田の展示館で盗みだしてすぐに蓋を開けたようだ。夏の季節風は太平洋から大陸側に吹くが、ウィルスは北に流されることなく、列島各地に蔓延した。気温が低いところでは死滅するから、温度の高い列島の内陸部で増殖していったんだろう」

「篠山は大量殺人が目的ではなかったと供述しているそうだが……」

「そう。あくまで妻の不潔恐怖症を治すことが目的だったと言っている。その文書にはワクチンの成分表の存在がほのめかしてあるため、ほどなく開発されると予想していたらしい」

芳澤将補が文書のコピーに手を伸ばした。「成分表はどこにあったというんだ?」

西海が咳ばらいした。「成分表と化学式はマイクロフィルム化されていた」

「マイクロフィルム？」

「施設にひとり籠城していた日本軍の研究員が、どのような最期を迎えたかはこの文書によって初めてあきらかになった。研究員は突如、周囲の森林に向けて拳銃の弾を八発発射し、その後自決した。反撃とは思えない異常な行動に思えたが、その後の調査で、銃弾の弾頭にマイクロフィルムがおさめてあったことが判明した」

「ありうる」と防衛参事官がうなずいた。「同様の情報伝達方法は旧日本軍の記録に残っている。マイクロフィルムを溶かした鉛のなかに封じこめて、南部式拳銃の八ミリ弾の弾頭にして発射するやり方だ。インド北東部のウ号作戦が失敗に終わったとき、孤立した部隊はこの手段をとり、味方に撤退を呼びかけた。ただし、これらの銃弾が発見され、マイクロフィルムが回収されたのは終戦後だ。それによって初めてウ号作戦失敗の経緯があきらかになった」

「そのとおりです」と西海はうなずいた。「冠摩の研究員のケースも同様だった。研究施設といっても木造小屋にすぎなかったために、研究員は米軍が火を放つのを恐れた。小屋が燃えたら、内部温度が急上昇し、割れたビンから冠摩が大気中に散布されてしまう。当時の東北は亜熱帯にはほど遠い気候だったとは思うが、小屋を囲む米軍兵士はウィルスを吸いこむ可能性がある」

　芳澤が唸った。「万一そうなったときのために、彼は成分表を小屋の外に射出したわけか。自分の命より敵の命を案じたわけだ……」

「すでに終戦を迎えていたから、彼には自分のなすべきことがわかっていたのだろう。この文書には、レッドパイン、つまり赤松の巨木四本に弾痕が見つかり、それぞれの木の位置や、地上何フィート何インチに着弾しているかが詳細に書かれている」

「米軍がそれを回収したのか？」

「わからない。この文書にはそのあたりについて詳しい記載がない。米軍の公式記録では、成分表は見つからなかったことになっているはずだ。入手できていたのだとすれば、それをなぜ伏せているのか。納得がいかん」

「それでも六発のうち、残り二発の弾痕を米軍は発見できていないのだろう？　山中に残っていたものを、篠山が見つけた可能性もあるな」

　だが、警察庁刑事局の職員は渋い顔で告げた。「そこなんだが……。篠山の自白によると、犯行前に念のため現地の山に行ってみたものの、記載にあったような弾痕が残る赤松が見つからなかったらしい。逸れたとみられる二発についても同様だ。日本軍の研究施設はすでに取り壊され、正確な位置もわからなかったようだ」

「なんだと？　すると……」

「山ごとすべての木が焼失してしまったいまとなっては、回収不能ということだ」

会議テーブルの列席者はいっせいにざわついた。

「放火したのは誰だ」と幕僚長が怒鳴った。

美由紀は、この部屋に入って初めて発言した。「篠山の腹違いの妹、西之原夕子です」

「……その妹とやらはなぜ山に火をつけた？」

「幼いころから頼っていた兄が結婚したため、その妻に対し嫉妬心を抱いていたからです。兄の篠山正平は、妻の里佳子さんの不潔恐怖症を治させるために冠摩による感染症を広めました。それを知った夕子は、兄がワクチンの成分表を見つけられないよう山ごと焼き払い、しかもその罪を里佳子さんになすりつけたのです。出会い系サイトで知り合った竹原塗士という男を自首させ、放火の実行犯に仕立てたり、彼の留守電に里佳子さんの声を残して黒幕であるかのように見せかけた。つまり、事態がいっそうややこしくなったのは、この妹が介入したからです」

「なんてことだ。兄妹喧嘩のせいで救えるはずの命も救えなくなるとは」

会議室の喧騒はいっそう大きくなった。

「静粛に」内部部局の運用企画局長がいった。「事態対処課によれば、現在の被害状況は本州から四国の一部、離島などの広範囲にわたり、感染者は二千六百七十二人。重度の不潔恐怖症だったり、高齢者、幼児など免疫力が弱っている人々に多く感染しているようだ。初期に感染した患者の衰弱は激しく、もってあと半日とみられている。篠山の妻、里佳子もそのなかに含まれる」

美由紀はひどく落ち着かない気分になった。

里佳子の命が風前の灯（ともしび）ということは、ほぼ同時期に感染した雪村藍も同様に危険ということになる。

あのふたりの命を失わせたくない。いや、ほかの誰も命を落とすことがあってはならない。

芳澤が西海にいった。「成分表のマイクロフィルムが存在するかどうかについて、米軍にもういちど問い合わせるべきだろう」

「それはもうやった。先方の返事はいままでと変わらん。国防総省（ペンタゴン）は冠摩のワクチンおよび成分表については関知していない、未回収だと聞いている。それだけだ」

「おかしな話だ。この文書の説明とは食い違っている。回収もせずに、弾丸のなかにマイクロフィルムがあるとは断定できないはずだ」

「当時、この冠摩の回収作戦に参加した米軍兵士に話を聞くしかない。文書によれば、部隊を率いていたのはクレイ・ミシガン軍曹」

防衛政策局長が告げた。「一九九六年に死去。現在も生き残っているのはふたりだけ、そのうちひとりは認知症で会話もままならない」

「あとのひとりは？」と西海はきいた。

「ええと」防衛政策局長は書類に目を落とした。「ジェフリー・E・マクガイア二等兵。当時は十七歳だから、いまは七十九歳だな。ハワイのオアフ島在住だそうだ」

「ただちに連絡をとるべきだろう」

「やっているが、どうにも要領を得ないらしい。退役軍人どころか、太平洋戦争後は兵役に属さずに、いろんな職を転々とした男だ。一介の民間人でしかない彼を強制連行するつもりは、米軍にはないらしい」

「まったく」西海は吐き捨てた。「この状況でご老人相手に、のらりくらりとご機嫌をうかがうわけか。その男が事実を知っているとは限らんのだろう？」

「それはそうだが……最後の希望であることはたしかだ」

沈黙が降りてきた。会議テーブルを重い静寂が包んだ。

芳澤が発言した。「現地の大使館員では説得は無理だ。早急に誰かを行かせよう。こちらの危機的状況をきちんと伝え、必要な情報を引きだせる人間を」

防衛参事官は渋い顔をした。「機密事項だ。内部の人材でなくては。ただし、いま防衛省から人を派遣するのは難しい。事態が大きすぎて、ただでさえ人手が不足してる」

美由紀がいった。「わたしが行くのが適切と思います」

列席者の目がいっせいに美由紀に注がれた。

西海がきいた。「マクガイアを説得できる自信はあるか？」

「なんとかやってみます。マイクロフィルムについて公式な記録が残っていない以上、彼の記憶だけが頼りですから」

「岬」芳澤が身を乗りだした。「成田とハワイ間の旅客便での所要時間は、往復十五時間だ。向こうでマクガイア氏に会って話し合う時間も考えると、丸一日は確実にかかるだろう。最も深刻な症状の患者たちはもう、助からない計算だ。……きみの友人も、そのなかにいるのだろう？」

藍の顔がちらつく。思わず胸が詰まった。

「いえ」美由紀はつぶやいた。「それほど時間をかけるつもりはありません。半日以内に戻ります」

「半日だと？　どうやって？」芳澤の目が大きく見開かれた。「まさか……」

「そのまさかです」美由紀は航空幕僚長を見つめていった。「空自への一時復帰をお願いします」

フライト

午後一時二十七分、茨城の百里基地上空は厚い雲に覆われていた。風も強い。それでも、このていどなら飛ぶのに支障はない。

岬美由紀は全身を難燃性繊維のアロマティック・ポリミアド製フライトスーツに包み、装備品一式を装着して滑走路に歩を進めた。

防衛省のヘリポートからUH60Jで百里基地に移送されてから、すぐに第七航空団の第二〇四飛行隊でアラート待機時に利用していたロッカールームに飛びこんだ。現役の隊員のなかで最も小柄なパイロットの装備を借りたが、それでもまだサイズにゆとりがありすぎる。

巨大な機体はすでにアラートハンガーから滑走路に引きだされていた。

長さ十九メートル、幅十三メートル、高さ六メートル。いまだに世界最強を誇る要撃戦闘機、F15J。

複座でなく単座のコクピットに乗るのはひさしぶりだ。

いや、操縦桿を握ること自体、長いブランクを経ている。

そういえばわたしは、自衛隊を除隊した身だった。

ここでの光景にはあまりに目が慣れすぎて、肌が馴染みすぎている。

せかせかと準備に追われているうちに、臨床心理士に転職したことさえ忘れがちになる。

機体に近づいていくと、若い男性の整備士が駆け寄ってきた。

その顔を見て、美由紀は思わず笑みをこぼした。「長嶺二尉！　しばらくぶり」

「いやあ！　懐かしいなあ、岬二尉」長嶺は白い歯をのぞかせた。「戻ってくるとは思ってたけどよ、こんな不意うちとは思わなかったぜ」

「突然のことでごめんね。準備できてる？」

「もちろん。整備そのものは抜かりはないけど、兵装をごっそり外すのがたいへんでね。いまようやく終わったところだ」

美由紀は機体を眺めた。「ずいぶんすっきりして見えるわね。まるで訓練機」

「ミサイルが取り払われるとほんとスマートだよな。バルカン砲は固定だから外せないけど、弾は入ってないよ。でもほんとに武器なしで飛んで、だいじょうぶか？」

「平気よ。行き先は日本海じゃなく太平洋、それも常夏の国ハワイだし」

「まあ、軽くなったぶん速く飛べるとは思うけどな」

「しっかり兵装が解除されてないと、規約違反になっちゃうからね。目視でも非武装とわかるぐらいの機体にするって約束で、ようやく米軍側の受けいれを了承させたんだから」

「まったく、驚くべきはお偉いさんに直接ものが言えるきみの度胸だよ。航空幕僚長に提言したんだって？　俺なんか腰が抜けちまうよ」

「会議の席では、けっこう人のいいおじさんだったわよ。栗田一尉とか杉枝三佐みたいな上官と違って、意地悪じゃないし」

「おいおい！　まだみんな現役なんだよ、そのへんにいたらまずいだろ。そういえば、旧友にあいさつは？　岸元涼平一尉とか、伊吹直哉一尉には会ったか？」

「……きょうは遠慮しとく。昔話されてもね。退役した身で申しわけないし」

「そんなことないだろ。みんな喜ぶよ」

「新天地で心機一転してやってるの。ぜんぜん違う職場だしね。上司のタイプも違うし」

「へえ……そんなに違うのか」

「ええ。ドラえもんとケロロ軍曹ぐらい異なるわね」美由紀はヘルメットを被った。「じゃ、もう行くから」

「よっしゃ。幸運祈ってるぜ、岬。戻ったらまた酒でも飲もうや」

「楽しみにしてる」美由紀はそういって梯子を上り、コクピットのなかに身を沈ませた。

通信コードと酸素ホースをヘルメットに接続する。おびただしい数の計器類をざっと眺め渡した。

操縦桿、エジェクションハンドル、ハーネスを確認。

マスターアームスイッチは今回は使用しない。ごていねいにビニールテープで封じてある。さすが長嶺、芸が細かい。

燃料パネルをセット、フラップのスイッチをアップ。

キャノピーの外では、すでに整備士たちが退去を始めていた。

エンジンのインテイク部分の周囲に人はいない。エンジン、マスタースイッチをオン。

JFSスイッチオン、スロットルの右エンジン接続スイッチを手前に引く。

轟音が身体を揺さぶる。エンジンの回転三十パーセント、わずかに戻して十八パーセントのアイドル位置に固定。左エンジンも同様に調整する。

マイク内蔵のデマンド型MO15酸素マスクを装着して、ひと息吸う。籠もるような呼吸音が懐かしい。無線、高度計、姿勢指示器をセット、レーダースコープをオン。航法コントロールをINSにセット。

誘導員が両手を水平に広げる。翼を拡張しろという合図だった。

指示に従ってスイッチを入れる。キャノピーのロックも確認した。

「タキシング準備よし」美由紀は無線に告げると、両手を握って親指を外に向け、誘導員に車輪止め(チョーク)を外す合図を送る。

ステアリングスイッチをノーマルからマニューバモードに切り替える。二十ノットで前進を開始した。

同行した防衛省職員の声が聞こえてきた。「岬。西海だが」

「はい」

「ホノルルのヒッカム空軍基地から返答があった。現地時間で午後八時までに到着せよとのことだ。こちらの時刻で午後三時だな。それ以降になると着陸用の滑走路は塞(ふさ)がるらしい」

「了解。マッハ二・五で飛んでも、ちょっとしたレースですね」

「空中給油はブリーフィングで説明があったとおりだ。向こうに着いてからも長居は無用だぞ。米軍側はマクガイア氏の自宅の住所を教えてくれるが、それ以外の協力は断ってきた。くれぐれも無理強いはするなよ。米軍は防衛省ほどきみに寛大じゃないからな」

「わかってます。ご尽力に感謝します」

ピッと音が鳴って、無線が切り替わる。管制官からの声が届いた。「テイクオフ」

出発だ。

本心を見抜けない千里眼なんて。西之原夕子の告げた皮肉な声の響きが蘇る。角膜に異常がなければ水晶体がおかしくなっているのかもよ、彼女はそういった。

目のレンズとしての役割は角膜のほうが、水晶体よりずっと大きい。水晶体は角膜の半分以下の屈折率しか持たない。

それでも、水晶体は自由にレンズの形を変え、ピントの合う位置を選ぶことができる。いかに強力な視力であっても、見つめる場所が違っていたら何にもならない。夕子はそんなふうに、わたしを侮辱したつもりなのだろう。

家具店のアルバイト店員でしかなかった西之原夕子は、じつは瞬時に無限の知識を呼び覚まし、的確に相手の弱点を見抜く才能の持ち主だった。

忌むべき悪しき天才でも、彼女の指摘は正しい。悔しくても、認めざるをえない。わたしは、見るべきものを見ていなかった。もう片時も、対象を見失ったりするものか。

「テイクオフ」と美由紀は無線に告げた。

トリム位置、フラップ離陸ポジションよし。ピトー管ヒーター、エンジンアンアイスをオン。BIT灯オフ。エンジン点火。

轟音とともに身体が前方に押しだされる。

アフターバーナーがひとつずつ点火し、五段階に加速していく。すさまじい推進力に身体がシートに押しつけられた。フルアフターバーナーに達した。百二十ノット。

身体が浮きあがるのを感じる。視界には雲に覆われた空が広がった。

クイックにローテーションしてギアとフラップを戻す。昇降計の上昇ピッチは六十度、空めがけて射出されたロケットも同然だった。

何度経験しても、発進は不快そのものだ。気流の乱れか、揺れはことさらに激しい。雲に突入し、青白い稲妻がキャノピーに走る瞬間を経て、青い空とまばゆい太陽が視界に現れた。

ハワイまでの六千四百キロ、たった一機のタイムレース。

運命はわたしひとりにかかっている、美由紀はそう思った。藍も里佳子も、わたしの帰還を待っている。

是が非でも持ち帰らねばならない、未来を変える魔法の杖を。

ポーカーフェイス

美由紀はヒッカム空軍基地で借りたハーレーのリッターバイクを駆って、州間高速道路H1号線を東に向かった。

ハワイの現地時間で午後八時七分、すでに日は暮れていた。

せっかくのホノルルも闇に覆われている。

ダイヤモンドヘッドもワイキキビーチもすぐそこに存在するというのに、見ることはできない。

むろん夜明けを待つこともできない。州政府に許可された滞在時間は、わずか二時間だからだ。

アメリカの法律でヘルメットの着用が義務づけられていないせいで、バイクを貸してくれた将校はヘルメットを持っていなかった。

仕方なくサングラスで目をガードしているため、視界は余計に暗い。

ダウンタウンの北で高速を降りて、ワイアラエ通りに乗りいれる。そこには、古くからの商店街がつづいていた。

カイムキ地区は、ワイキキからそう遠くはないが、観光客の姿は少ない。

店舗も地元民向けがほとんどで、一本入れば閑静な住宅街だった。

マキキやカハラのような富裕層向けの街ではない。ここには、古きよきハワイの住民の生活がそのまま残っている。

八番街通りを折れると、年代ものの低層の住宅が連なる一帯に入った。

道幅は広い。どの家も広い庭とガレージを有しているが、クルマは道端に路上駐車してある。日本の住宅事情からみれば羨ましい環境だった。

基地で教わった住所はすぐにわかった。

地域に溶けこむ一階平屋建ての素朴な家屋。郵便受けにマクガイアとあった。

ここか。

美由紀はバイクを停めてエンジンを切った。

北米風の建築は庭に囲いもなく、玄関先まで歩を進めることもできる。

窓に明かりが点いていた。在宅中らしい。

緊張しながら呼び鈴を押そうとした、そのときだった。ふいに玄関の扉が開いた。

姿を現したのは、でっぷりと太った腹の老人だった。

アロハシャツに半ズボン、サンダル姿で、頭髪はこめかみのあたりの白髪を残して禿（は）げあがり、顔は皺（しわ）だらけだった。

とろんとした目と、垂れさがった両頬はブルドッグを連想させる。

強烈な酒臭さを漂わせるその男が、ジェフリー・E・マクガイアその人であることは間違いなかった。

基地で見せられた〝退役軍人の集い〟の写真で、顔は確認した。あるていどの精悍（せいかん）さを保っていたそのころにくらべて、いまのマクガイアは酔っぱらっているらしく、ひどくだらしない。

皺が多すぎて表情の読み取りも困難だ。

「あ、あの」美由紀は英語で声をかけた。「初めまして（ナイス・トウ・ミーチユー）。わたしは（アイム）……」

ところがマクガイアは無言のまま、ぶっきらぼうに美由紀の脇を通りすぎて、隣りの家へと歩き去っていった。

「待ってください（プリーズ・ウェイト）」美由紀は後を追った。「マクガイアさん。わたしは岬美由紀といいます。おうかがいしたいことが……」

マクガイアは美由紀をじろりと一瞥（いちべつ）したが、歩は緩まなかった。「また中華が開店したか。もう春巻には飽きた。うちじゃ出前を頼む気はない。女房が死んでからは、わしひとりなんでな。中華ボックスは量が多すぎる」

「いえ……わたしは日本人です」

「すると、ボビーに頼まれたか。あのやぶ医者め。低カロリーのスシにしろとそればっかりだ。生の蛸なんか嚙みたくない。わしはトドやセイウチじゃないぞ」

「飲食店の営業じゃないんです。マクガイアさんが第二次大戦のころ、日本に行かれて……」

「またにしてくれ。忙しい」マクガイアはそういうと、隣りの家の玄関に近づいた。呼び鈴を押すこともなく、扉を開け放ってなかに踏みいった。

「なんだよ」若い男の声が聞こえてきた。「また来たよ、マクガイアのじいさん。ほら、トーマス。二階に上がってろ」

「待て」マクガイアが怒鳴った。「小僧。逃げる気か。それでも男か」

今度は老婦の咎めるような声がした。「ジェフリーったら。トーマスはまだ六歳よ。怯えさせないで」

「六歳ならもう分別もつくころだろう。善悪の区別ぐらい、つけたらどうだ」

さらに、別の年配の男の声も飛びこんできた。「騒々しいな。おい、ジェフリー。勝手にうちに入ってくるなって言ったろ。カーペットに酒のにおいが染みつくじゃねえか」

「ふざけるな、メルヴィン。おまえの孫がしでかしたことだろうが」

美由紀は困惑を覚えながら、開いたままの扉からなかを覗きこんだ。

リビングルームにいる隣人の家族と、そこに怒鳴りこんだジェフリー・マクガイアの対立の構図。

マクガイアと腕組みしてにらみあっている、同世代の老人がメルヴィン、この家の主らしい。

老婦はその妻だろう。

トーマスという少年は孫のようだった。

ソファにおさまっている青年も身内にちがいないだろう。

メルヴィンが憤っていった。「孫がなにをしたというんだ。トーマスの投げたボールが、おまえの家の開いた窓から中に入っちまった、それだけのことだろうが。血相を変えるようなことか」

「キャビネットが凹んだんだぞ。あれは白木でできてる。元に戻せるもんじゃない」

「それがどうした。たかが家具だろう」

「たかがとはなんだ。ここに越してきたときに女房が持ってきた嫁入り道具だぞ」

「いつまでもジェシカの思い出を引きずってんじゃない。独りでおとなしく引き籠もってろ。いい迷惑だ」

「それはこっちの台詞だ」マクガイアは額に青筋を立てて、メルヴィンの胸ぐらをつかんだ。

喧嘩は見過ごせなかった。美由紀はあわてて駆けこんだ。「やめて！」

と、リビングルームにいた全員が動きをとめて、眉をひそめてこちらを見た。

老婦がきいた。「どちらさま？」

青年がにやついた。「中華のクーポン券配りに来たんだよ」

「ちがうの」美由紀はいった。「そのう、マクガイアさんに話があって来たんですが、争いになっていたので……」

メルヴィンがマクガイアの手を振り払い、憤慨したようすで告げた。「ほらみろ。おまえは年がいもなく、こんな若い娘にも手をだしてるのか。天国のジェシカが知ったら泣くぞ」

「知らん。こんな女なんぞ」マクガイアは美由紀をにらみつけてきた。「誰だあんたは」

「さっき申しあげたんですけど。岬美由紀です。かつて日本に出兵されたときのことをうかがいに参りました」

「日本？　出兵？」

「ええ。終戦に前後して、あなたは東北地方の山林にあったウィルス兵器の研究施設を……」

「ウィルスだ？　冗談じゃない。わしはこのとおり、ぴんぴんしておる」

「あなたの健康状態を心配してるわけじゃなく……いま日本列島には、そのときのウィルスが蔓延（まんえん）していて……」

「南極にでも住めばいい。寒さでウィルスも死に絶えるから、南極では風邪をひかんそうじゃないか」

「マクガイアさん。あの……」

「なんといったかな、ほれ、日本が南極に造った……昭和基地だ。あそこに手紙出して、受け入れてくれるように頼め。まあ、切手代だけでも馬鹿にならんだろうし、おまえさんみたいな若い娘には払えんかもしれんがな」

美由紀は忍耐が限界に達したのを悟った。

「ご存じないんですね」美由紀は冷ややかにいった。「昭和基地は日本の国内扱いだから、切手代は五十円しかかからないのよ」

青年が甲高い笑い声をあげた。

マクガイアのほうは侮辱されたと思ったらしい、美由紀を怒鳴りつけてきた。「帰れ。二度と顔を見せるな」

するとメルヴィンが間髪を容れずにいった。「おまえこそ帰れ、マクガイア。ここはわしの家だ」

「おまえの孫に家具を弁償させるまでは、帰るものか」

「たしかにトーマスのせいかもしれん。だがおまえはわしの家の芝刈り機を勝手に使ったろう。これであいこだ」

「あいこなものか。わしは芝刈り機は壊しておらん。どうしてもというのなら、ポーカーで決着をつける」

「ああ、いいだろう。トニー、プレイングカーズを持ってこい。マクガイア、おまえが負けたら、相応の迷惑料を払ってもらおう」

「よかろう。だが、おまえがわしに勝ったことがあったかな。あとで吠えづらかくな」

美由紀はふたりの老人の口論に戸惑いながらも、本能的に気がかりなことがあった。トーマスという少年だった。

いまにも泣きだしそうな顔をしている。混乱を引き起こしたことに対し、罪の意識にさいなまれている。

それなのに大人たちは彼の感情を意に介さず、ひたすら罵りあうばかりだ。

このままでは少年の心は深く傷つく。

やがては大人との対話を避けるようになるだろう。

「あのう」美由紀はいった。「わたしもそのポーカーゲームに混ぜてほしいんですけど」

メルヴィンが目を丸くした。「なんだって？」

「わたしが勝ったら、マクガイアさんにきちんと話を聞いてもらいます」

マクガイアは苛立ったようすで美由紀を見つめた。「で、おまえさんが負けたら、いくら差しだす？」

ため息をついて、美由紀はハンドバッグを老婦に手渡した。

老婦は怪訝そうな顔をしていたが、すぐに目を見張った。「これ、エルメス!?」

「なんだそりゃ」メルヴィンがつぶやいた。「そんなのワイキキのショッピングモールにでも行けば……」

「馬鹿。わたしたちの年金合わせたよりずっと高いのよ、これ」

「なに？　それがか？　じゃあ、きまりだな。飛び入り歓迎ってことだ、お嬢さん」

ふんとマクガイアが鼻を鳴らした。「日本人ってのは、生真面目だけが取り柄でポーカーフェイスは苦手って聞いた。ゲームにならんそうじゃないか。バッグを巻きあげられても泣くんじゃねえぞ」

美由紀はしらけた気分で黙っていた。

ゲームにならない、か。たしかにそうだ。わたしにとってポーカーはゲームの意味をなさない。

ポーカーフェイスという言葉なんて、わたしの辞書にはない。

アイロン

午後九時すぎ、マクガイアの家のダイニングルームで、美由紀はふたりの老人とともにテーブルを囲んでいた。

しゃんと背すじを伸ばして座っているのは美由紀ひとりだった。

マクガイアとメルヴィンはウィスキーに悪酔いしたらしく、ぐったりとテーブルに突っ伏しながら、かろうじて顔だけはあげてカードを保持していた。

チップは美由紀の前に山積みになっている。老人たちには、わずかな枚数しか残されていなかった。

メルヴィンが震える手で、手札から一枚をテーブルに置いて滑らせてきた。「文換、一枚」

美由紀がカードの山から一枚を差しだす。

それを受け取ったメルヴィンがいった。「よし来た。残りのチップ、全額賭けるか」

〇・一秒もその顔を眺めれば、虚勢だということぐらい手にとるようにわかった。美由紀は同じ額のチップを払った。「コール」

と同時に、メルヴィンが落胆の顔を浮かべる。「またか……」

「ワンペアでしょ」美由紀はつぶやいた。「一枚だけ交換してみせても無駄」

マクガイアが苛立ったように、チップの残りを押しだしてきた。「いまさらどうにもならん。わしもコールだ」

だが、そのマクガイアの態度は投げやりなようで、実はそれなりの手札を作っているに違いなかった。

嘘を見抜くことは難しくない。それに、どんな手札を揃えているかも、最初の数回のゲームで読みとれるようになった。

どのていどの役ができたかによって、表情の緊張と弛緩の比率が変わる。マクガイアとメルヴィン、それぞれの微妙な表情の変化を、美由紀は完全に見きっていた。

「フラッシュが揃ったなんて、なかなか幸運ね」と美由紀はいった。「でも、その運はもうちょっと早く巡ってくるべきだったかも」

美由紀は自分のカードを表にしてテーブルに置いた。

フルハウス、美由紀の勝ちだった。

「いかさまだ！」マクガイアは跳ね起きるように立ちあがった。「ど、どうやったか知らんが、こんなもの……。わしらの手札がぜんぶ見えてるみたいじゃないか」

「落ち着けよ」メルヴィンはテーブルに顔を伏せたまま、物憂げにいった。「わしらは負けた……。潔く認めよう」

「バカな。こんなことがあるわけない。絶対になにか細工を……」

「ジェフリー。ここはおまえの家だろうが……」

マクガイアは困惑したようすで、口をつぐんだ。

「さてと」美由紀は腰を浮かせた。「約束は守っていただきたいんですけど、その前に……」

部屋の隅に白木のキャビネットがあった。

トーマスがボールをぶつけたというのは、これに違いないだろう。

たしかに、引きだしの前面に、一見してわかるほどの窪みができてしまっている。

「台所借りますね」美由紀はそういって、ダイニングルームからキッチンへと向かった。

「おい。何する？」マクガイアがきいた。

美由紀は雑巾を水に濡らし、固くしぼった。

それから棚にあったアイロンを手にとり、ダイニングルームに戻った。

キャビネットの前にしゃがみこむと、凹んだ部分に雑巾をあてがい、その上からアイロンをあてる。

アイロンのダイヤルを回しながら美由紀はいった。「摂氏でいえば百度だから、華氏二百十二度ってところね。これを繰り返し、何度もあてるの」

しばらく作業をつづけていると、マクガイアが近づいてきて、美由紀の手もとを覗きこんだ。

そろそろいいだろう。美由紀はアイロンと雑巾を取り除いた。

マクガイアが驚きの声をあげた。「なんてことだ。元通りになった！」

「白木の家具は表面の皮を削っただけで、なにも塗っていないので凹みやすいの。でも、このていどなら直る。あ、水分を拭きとっておかないとね。白木は湿気にも弱いから……」

「信じられん……。日本人は手先が器用とはよく聞くが、こいつはまるで魔法だ。壊れんテレビやクルマを作れるわけだ」

「……争いはいつも、なにかが壊れたことに端を発してる。元に戻せるなら、それを戻さなきゃ」

「ほう……。前にもどこかで聞いたな。ああ、そうだ。ミシガン軍曹だ。軍曹は言ってた。

なにかが壊れて戦争が始まるって……」

「ええ。もうトーマス君を恨む必要もないでしょ？　壊れたものは元に戻ったんだし」

しばし沈黙があった。

神妙な顔になったマクガイアが、ゆっくりと身体を起こし、窓辺に歩み寄った。

彼がなにを気にかけているのか、美由紀にはわかっていた。

隣りの家の二階から、ときどきトーマスが不安そうな顔をのぞかせている。騒動の行方が心配でたまらないのだろう。

マクガイアは、いまになってトーマスに与えた苦痛に気づきつつあるのかもしれない。

メルヴィンはテーブルに突っ伏したまま、いびきをかきだした。

休戦。平和の訪れにちがいないと美由紀は感じた。

「礼を言う」マクガイアは口ごもりながら告げてきた。「わしは周りが見えなくなっていたかもしれん……。ジェシカを失い、わしは独りになった。そう思ってたが……案外、独りじゃなかったのかもしれんな」

「そうよ」と美由紀は微笑みかけた。「誰も独りで生きられるはずがない。どこかでつながってるものよ」

しばらく感慨にふけっているようすのマクガイアが、窓辺を離れ、奥の部屋へと向かいだした。

「どこへ行くの？」と美由紀はきいた。

「ちょっと、書斎にな」マクガイアは振りかえった。かすかな笑いとともにいった。「兵役のころ、日記をつけてた。屋根裏で埃を被っとるだろう。それを引っ張りだしてみよう」

尊い命

美由紀はF15の操縦桿(かん)を握り、太平洋上二万フィートを飛びつづけていた。

ハワイ時間で午後十時半、日本時間なら翌日の午後五時半。

すでに日付変更線を越えている。

しだいに行く手の空が蒼(あお)くなっていき、やがて白く染まりだす。まだ夜の明けていない東の空に、太陽を迎えに行くかたちで超音速飛行はつづく。

航空機対官制機関データリンク(CPDLC)からヘルメットに声が響いてくる。「岬二尉。防衛省内部部局、防衛政策局の西海次長がお出になられます。航空総隊司令部からの通信に切り替えます」

「了解」

やっと電話口にでられるようになったか。

関係者以外に口外するなといっておきながら、いざというときに誰もつかまらないとは、組織というものは不便かつ不条理だ。

「岬」ここ数日で馴染みになった声が聞こえてきた。「西海だ。ヒッカム空軍基地を定刻より早く飛び立ったことは、米軍側から報せがあった。マクガイアのほうはどうだった」

「接触しました。そして、彼が従軍中につけていた日記に重要な記載がありました」

「どんな？」

「一九四五年八月二十日、ミシガン軍曹率いる彼の部隊は冠摩の回収に成功したのですが、銃弾に隠されたマイクロフィルムには気づかず、その場を離れています。つまり、彼らはやはりワクチンについては未回収のままでした」

「だが記録文書では、GHQはマイクロフィルムについて記載している」

「ウ号事件の真相を知った米軍の関係者が、報告書の不自然な部分、すなわち日本の研究員が自決前に四方の木々に銃弾を撃ちこんだことに対し、なんらかの説明をつけるべく憶測を交えて書いたものと思われます。事実、翌年九月十八日のマクガイア氏の日記に、そのことに触れた記述もありました。われわれは木のなかの銃弾を調べたかどうか問い質され、すっかりあわてた。そこにマイクロフィルムがしのばせてあるなど、夢にも思わなかったからだ、と」

「すると、銃弾は回収されていなかったのか。なら、先日の山火事で灰に……」

「いえ。終戦の年の八月二十六日、つまりマクガイア氏らが冠摩を回収した六日後、彼の友人の二等兵が同じ研究施設に派遣され、小屋の解体作業に加わったということです。マクガイア氏はその任務には就いていなかったんですが、その友人からの又聞きというかたちで記載がありました。生物兵器の研究所であったことから、土に危険な成分が混ざっている可能性もある。そこで樹木が悪影響を受けないよう、施設を中心とする半径五十メートルの木々はすっかり除去され、別の場所に移植されたというんです」

「別の場所？」

「首都圏のどこかの山、と書いてありました」

「それでは広範囲すぎて特定できん」

「ですが、それ以前のページにこうも書いてあるんです。ＧＨＱは関東地方の山間部に植えるのは望ましくないという判断を下した、と。それでも木はたしかに首都圏の山に移植されたんです」

「首都圏であって、関東地方ではない場所ということか」

「おそらく山梨です。山梨県は首都圏に含まれますが、関東地方の一都六県からは除外されます。山梨はたしか森林が県土の七十八パーセントを占めてますが、人の手によって木が植えられたいわゆる人工林はそのうちの四十四パーセント、ほぼ十五万ヘクタールだったと思います」

「その移植よりも前にGHQが銃弾を抜いた可能性はないんだな？」

「ありません。ウ号事件をもとにマイクロフィルムの存在の可能性が浮上したころには、木の移植はすべて終わっていたことになります。そして移植後、弾痕のある赤松がどこに植えられたのか、誰も知らないのです。マクガイア氏によれば、冠摩の効力自体を軽視する風潮があったので、誰もワクチンの成分表について追及しなかったということです」

「十五万ヘクタールのどこかに植えられた、四本の赤松か。果てしなく広範囲だが……」

「しかし、そうした人工的な樹林地は木の種類によって分かれてます。林のほとんどを占めるのは広葉樹でなく針葉樹、そして内訳は杉が二万六千ヘクタール、檜が四万四千ヘクタール、赤松と黒松はほぼ半々で一万四千ヘクタールずつだったはずです。ほかに唐松が四万四千五百ヘクタール。蝦夷松や椴松は存在しなかったと記憶してます」

「……それらを暗記してるのか、岬？　都道府県別の林業データを？」

「国家公務員は農林水産業について深く関心を持ち、できるだけ広範囲の知識を身につけるべし……と防衛大で指導を受けたように記憶してますが」

「そう……だな。きみは首席卒業してたんだったな。忘れてたよ」

「いずれにしても、正確な数字は農林水産省の世界農林業センサス、林業篇に記載されています。ただちにあたってみてください。赤松ばかりの林も複数あると思いますが、それらの正確な位置もです」

「わかった。うちの部署を総動員して調べさせる。植栽された年月日がわかれば、さらに可能性のある林を絞りこめるかもしれん」

「お願いします。できればわたしも現地へ……」

「いいだろう。百里のほうにヘリを用意させて、到着しだい飛べるようにしておく」

「感謝します」美由紀がそういうと、通信は終了した。

空中補給を繰りかえしながら、音速の二倍を超えて飛ぶ。その速度ですらもどかしく思える。

この世には決して修復できないものもある。人の命だ。ここまできて、守るべき尊いものを失いたくない。

ジープ

夕陽に赤く照らしだされた百里基地に着陸してすぐ、美由紀はフライトスーツから私服に着替えて、空自の救難隊に属するＵＨ60Ｊヘリのキャビンに乗り、ただちに山梨の山間部へと運ばれた。

地元警察と自衛隊員が捜索の拠点とした、山梨県富士河口湖町の小学校。

その校庭に臨時のヘリポートが設けられている。

美由紀の乗ったヘリは、そこに降下していった。

まだ日没には至っていない。

待機中の大型輸送ヘリ、ＣＨ47チヌークが長い影を落としている。

警察車両も数多く集結していた。空と陸の両面から捜索すれば、発見も早まるかもしれない。

最後まであきらめたくない。その思いとともに、美由紀はヘリの外に降り立った。

だが、奇妙な空気を肌身に感じる。

どうもようすが変だ、そう思った。

警官らは緩慢な動作で車両に戻り、その車両は一台ずつ、校門を抜けて公道に出ていく。捜索開始にともなうあわただしさはない。自衛隊員らも、装備品を大型ヘリから下ろそうとはしていなかった。

校舎から足ばやに歩いてくる集団がある。

その先頭には西海と、芳澤将補がいた。

美由紀はそこに駆け寄っていった。「西海さん……」

西海は美由紀をまっすぐに見つめたが、その顔は険しかった。

「中止だ」と西海はいった。

「え？」

芳澤が美由紀に告げてきた。「撤退するんだ。捜索はない」

「なぜですか……？　ワクチンのマイクロフィルムが入った銃弾は、この県内の赤松にたしかに撃ちこまれてるのに」

「その赤松は、すでにこの世にはない」

ため息をついて、西海が懐から紙片を取りだした。それを美由紀に差しだす。

「農林水産省の記録だ」西海がいう。「GHQの記録によれば、四本の赤松はいずれも当時、樹齢二十年ぐらいだった。つまり現在は八十年。それだけの樹齢を誇る赤松が密集する人工林といえば、八ヶ岳(やつがたけ)の登山道入り口しかなかった」

「ただし」と芳澤があとをひきとった。「六十歳から八十歳ぐらいの赤松はよく乾燥させれば、上質な木材として高く売れるらしくてな。バブル期に八ヶ岳が観光開発されたとき、一本残らず伐採された。その後は、建築資材として全国に売られたらしい」

美由紀は衝撃とともに、その紙片を見つめた。

地図のコピーだった。一九八七年と記載されている。

八ヶ岳の麓(ふもと)、ホテルの開発予定地が斜線で示されていた。

赤松の人工林は、そのなかにすっぽりと隠れていた。

「そんな……。ほかの場所にある可能性はないんですか？　赤松の人工林はここだけじゃないはずです」

「樹齢が合う赤松があったのはそこだけなんだ。事実、終戦の翌年に山形県西村山郡の祠堂山から移植があったことが、当時の役場の記録に残ってる。その人工林にあったのはたしかだ。二十年近く前までは、そこにあったんだ……」

沈黙のなかで、美由紀は地図を眺めつづけた。

これですべてが終わったというのか。

全国を駆けずりまわり、ハワイにまで飛んで、行き着いたところは、ワクチンの成分表が跡形もなく消失したという事実だけだというのか。

受けいれられない。こんな紙切れ一枚を突きつけられて諦めろと言われても、従えるはずもない。

即座に美由紀は身を翻し、走りだした。

「岬」西海の声が飛んできた。「どこへ行く」

「最後まで望みは捨てません」美由紀は振り向きもせずにいった。「自分の目でたしかめます」

陸自のジープ、J54Aにまっすぐに駆け寄る。運転席は無人だった。なかを覗きこむと、キーがついたままになっている。

ドアを開けて乗りこんだとき、芳澤の声がきこえてきた。「よせ、岬。おまえはどこまで無鉄砲な……」

耳に届いたのはそこまでだった。

キーをひねり、エンジン音が辺りの喧騒をもかき消す。

アクセルを踏みこみ、美由紀はジープを校門に向かわせた。

疲労しきっているはずの身体を、気力で突き動かす。

敗北など認めない。それが運命であっても、わたしは最期まで抗いつづける。そう心に誓った。


河口湖から諏訪南インターチェンジまで、美由紀はジープを全速力で飛ばした。

所要時間は一時間ほどだったが、その何倍もかかった気がした。

ついさっきまで超音速で飛行していた身からすれば、陸を走るのはひたすら忍耐との戦いにほかならなかった。Ｆ15なら同じ時間で三千キロを移動できるのに。

黄昏をわずかに残した空、富士山のシルエットが遠方におぼろげに浮かんでいる。

静寂に包まれた八ヶ岳の麓、地図にあった場所に、美由紀はたどり着いた。

そこに至るまでの林道も、いまでは幅の広い舗装された道に整備してあった。そして人工林があったはずのその土地には、限りなく開けた視界だけがあった。

広大な駐車場。

バブル期に計画されたせいか、夏場だというのに半分も埋まってはいない。

観光客もすでにチェックインを済ませている時間らしく、辺りに人影はなかった。

向こうにそびえるのは、二十階建てのビルだった。ホテルの本館。

美由紀はジープを停め、車外に躍りでた。

無駄だとわかっていても、走りだしたくなる。どこかに手がかりを求めて、駆けまわりたくなる。

だが、ひとけのない駐車場に、捜索すべき場所など残されていないことは一目瞭然だった。

木は一本もなかった。

アスファルトで固められた広場のそこかしこに照明設備が建つ。ここにあるのはそれだけだった。

しばらくして、歩が緩んできた。疲労が膝を震わす。

やがて両膝をついて、美由紀はその場にへたりこんだ。

まだ諦めきれない気持ちが、視線を周囲に向けさせる。

それでも、なにもありはしない。

農林水産省の記録が間違っているとは思えない。わずか二十年以内のことだ。すべては事実だった。該当する赤松は、残らず伐採され、資材になった。

息を切らしていた。

自分の呼吸音がこんなに耳障りに思えたことはない。

美由紀はアスファルトの上に仰向けに転がった。

蒼く澄んだ空。すでに星が瞬いている。じきに夜の闇が覆うだろう。それでも、星々は光を放ちつづける。

わたしには、そんな永遠の輝きなど無縁のものだ。美由紀は思った。藍を救えなかった。里佳子も、ほかの患者たちも。

できることなら、わたしが皆に代わって命を投げだしたい。

それで藍たちが救われるなら、そうしたい。

星が揺らぎだす。目に涙が溢れていたからだった。美由紀はただ空を見つめ、泣くしかなかった。

ゼロ

どれだけ時間が過ぎたかわからない。

空はすでに暗くなっていた。遠くの茂みから虫の音がきこえてくる。

クルマのヘッドライトがこちらに差し向けられた。エンジン音が近づいてくる。

聞き覚えのある音だ、と美由紀はぼんやりと思った。自分のクルマの音、CLS550だとわかる。

徐行してきたメルセデスが近くに停車し、運転席のドアが開いた。

「美由紀」由愛香の声がした。

仰向けに寝たままの美由紀の視界に、由愛香の顔が入った。

由愛香は心配そうにつぶやいた。「美由紀……だいじょうぶ？」

「ええ……。由愛香、なんでここに？」

「あなたが河口湖近辺に向かったって防衛省の人に聞いて……クルマを持ってきたのよ、

美由紀のを。はい、これキーね」

投げだされた右手に、CLSのスマートキーが握らされた。

「由愛香……。藍は……？　近くにいてあげないと……」

だが、美由紀を見つめる由愛香の顔に翳がさした。

「藍は……午後からずっと昏睡状態で……。もう辛くて、とても見てられない……」

「医師は？　なにか言ってなかった？」

「今夜でもう、駄目だろうって……。深夜までも持ちそうにないって……」

泣きだした由愛香を見つめるうちに、美由紀は絶望を悟った。

助からなかった。

今度ばかりは打つ手がない。すべての希望を絶たれてしまった。

悲しみだけが胸から溢れだす。

気づいたときには、美由紀は涙がとまらなくなっていた。

「ごめんなさい……」美由紀は泣きながらいった。「わたしがなんとかしなきゃいけなかったのに。手を尽くしたのに、助けられない。友達ひとりの命さえ救えないなんて……。わたし、いったいなんのために生きてるのか……」

「美由紀のせいなんかじゃない。わたしだって……なんの役にも立たなかった。藍といつも喧嘩ばかりして、傷つけてばかりで……藍はそのまま死んじゃうんだよ。わたしってほんとに馬鹿。どうしたらいいかわからない……」

「由愛香」美由紀は起きあがった。「自分を責めないで。藍はあなたのことを大好きだったのよ。あなたを信頼してたし、尊敬してた。だからいつも一緒にいたの」

「ほんとに？」

「ええ。わたしがいうんだから、間違いないの……」

由愛香は泣きながら抱きついてきた。美由紀はそれを静かに受けとめた。

この挫折は一生背負わねばならないだろう。

それも、冠摩という死のウィルスがじわじわと蔓延していくこの国で、どれだけ生きられるかわからない自分に恐怖しながら。

ワクチンが開発されなければ、これからも犠牲者はでる。

藍の説得のおかげで不潔恐怖症から立ち直った人々は、しだいに免疫を身につけ、ただちに感染することはないかもしれない。それでも、たとえ健康体の人間であっても、ウィルスに対する完全な抵抗力を持ちえているとは限らない。

藍は自分の命を顧みずに人を救おうとした。

それなのに、藍は報われなかった。

こうなる運命だったのか。ここに至る道しかなかったのか。

「美由紀」由愛香がささやいた。「帰ろうよ……」

「そうね……」

そのとき、またヘッドライトが近づいてきた。

今度はクルマではなく、カートだった。

乗っていたのは制服姿のベル・ボーイだった。「ご宿泊のお客さまですか？」

「いえ」と由愛香は涙をぬぐいながらいった。「べつに、ちょっと立ち寄っただけで……。もう行きますから」

だが、美由紀はある一点を見つめ、身体が硬直するのを感じた。

ベル・ボーイの制服の袖にホテル名が刺繍してある。

ホテルニューグランド八ヶ岳。

さっきの地図には、ホテルの建設予定地としか記載されていなかった。

辺りにホテルはここだけで、看板も意識していなかった。ホテルの名はいま初めて知った。

「す、すみません」美由紀はうわずる自分の声をきいた。「ここ、ホテルニューグランドって、あの老舗の？　横浜の山下公園前にある……」

「ええ。その系列ですよ。よろしければ、ご案内のパンフをお持ちになりますか？」

美由紀は殴られたような衝撃を受けた。

急速に浮かびあがる記憶がある。

ガヤルドのステアリングを握っていたときのことだ。わたしは都内にクルマを走らせていた。

行く手は渋滞していた。

原宿駅周辺が異様なほど混んでいて、そこかしこに立つ警備員が交通整理に追われている。

三車線は完全に塞がっていた。美由紀はウィンドウを下げ、近くにいた年配の警備員にたずねた。「なにかあったんですか？」

「この先で緊急の道路工事があってね。すまないけど、Uターンしてもらわないと」

「そうですか……。ほんの数キロ先の高速入り口に入りたいだけなのに、遠回りね」

「どの道も明治神宮の森を迂回してるからなぁ。森を突っ切れる道でも敷いてほしいところだけどな。たしかここは昔、なにもなかったのに強引に森を作ったんだよな」

美由紀は苦笑いをしてみせた。「全国各地からの献木でできた森なんですから。ある意味では自然のものよりも偉大ですよ」

「バブルのころはこの森も小っちゃくなるって言われてたそうだよ。東京の気候に合わない木がずいぶん枯れちまったそうだから。そのままにしときゃ道もできたのになぁ。足りなくなったぶんはまた続々と献木されたんだってさ」

「ああ……。ホテルニューグランドとか、率先して協力したそうですね」


「美由紀？」由愛香が声をかけてきた。「だいじょうぶ？」

我にかえった。美由紀は八ヶ岳のホテル駐車場にたたずんでいた。

「……なんてこと」美由紀はつぶやいた。「由愛香。まだ希望はある」

「え？……ちょっと、美由紀」

すでに美由紀は駆けだしていた。ＣＬＳの運転席のドアを開けて、飛びこみながら由愛香にいった。「乗って！」

「待ってよ。いったいどうしたっていうの？」由愛香は駆け寄ってきて、助手席に乗りこんだ。

エンジンをかけてクルマをだす。と、ベル・ボーイがあわてたように手を振ってきた。

「お客様」ベル・ボーイがきいた。「あのジープ、レンタカーですか？」

「まあ、そんなようなものね」

「どのようにいたしましょう？」

「陸上自衛隊山梨県北富士駐屯地に電話して引き取ってもらって。じゃ急ぐから。どうもありがとう」

美由紀はステアリングをめいっぱいに切って、メルセデスの車体を最小の範囲でターンさせ、すかさずアクセルを踏みこんだ。

一気に加速した車体が公道へと繰りだす。

由愛香が震える声でたずねてきた。「美由紀。希望があるって……？」

「そう。たしかなことはいえないけど、これが最後のチャンス」美由紀はクルマを飛ばしながらいった。「でもゼロでないのなら、賭けてみる価値はある」

選択的注意

東名高速を突っ切り、首都高三号線の渋谷出口を降りて明治通りを猛進した。

時刻は夜十時七分。一般車両は減りはじめて、タクシーばかりが連なるころだ。

美由紀は右へ左へと車線を変更して次々と追い抜き、レースのように飛ばしつづけた。

「ちょっと」由愛香が怯えたような声でいった。「もう高速降りて一般道なんだけど」

「知ってる」と美由紀はステアリングを操りながらつぶやいた。「周りの動きには充分注意してるから」

「ねえ美由紀……。さっきの話だけど、明治神宮に赤松なんかあったっけ?」

「防衛大で戦時中の資料を読みあさったとき、初等国語教科書に明治神宮についての記述があったのを覚えてるの。玉垣に連なる鳥居の奥に、すがすがしき赤松の木立を負ひたる楼門は、一幅の絵画に似て、しかも尊厳のおもむきをそへたり」

「そんなものまで暗記してるなんて……いったいどんな脳みそしてんの?」

「普通よ。内苑には最初、日本全国からの献木が三百六十五種、十二万本が植えられてる。その後、都内の風土に合わない木が枯れてしまい、現在は二百四十七種に減少してる」

「それらの枯れた木のなかに赤松が含まれていると、どうしてわかるの？」

「冬場も暖かい都内の環境ではマツクイムシによる被害がでる。枯れた赤松は炭や薪にしてなるべく早く燃やさないと、なかに潜んだ虫が育って、また残りの松に入りこんで枯らしてしまうの。でも初等国語教科書に記述があるくらいの楼門からの眺めは、変えるわけにはいかない。だから赤松は補充されたに違いないのよ」

「でも、八ヶ岳の人工林を買い取ったのがホテルニューグランドだからって、問題の銃弾が撃ちこまれた赤松を献木したとはかぎらないでしょ」

ジェフリー・マクガイアの家で修復した白木の家具が頭に浮かぶ。

美由紀はいった。「赤松は高級木材の白木になるけど、やわらかくて凹みやすいの。弾痕は小さな傷とみなされ、資材からは除外された可能性が高い。本来ならそのまま捨てられちゃうところだけど、ちょうどバブル期に追加の献木があったわけだから……」

表参道と交わる交差点を右折し、原宿駅前にでた。

まだ十代の若者らが歩道にたむろしている。美由紀はクルマをその歩道に乗りあげさせ、通行人をかわしながら内苑の敷地内に突入していった。

入り口の立て看板を撥ね飛ばし、参道の砂利道を猛スピードで前進する。

由愛香は悲鳴に似た声をあげた。「どこまで行く気よ」

「楼門までよ。ＣＬＳで来てよかった。ガヤルドなら砂利にタイヤが埋まって動けなくなりそう」

「こっちが気を失って動けなくなりそうよ」

「心配ないわ。……あ。あれね」

ブレーキを踏み、鳥居の手前でターンしながら停車した。

備え付けの懐中電灯を手にとり、ドアを開け放って走る。

鳥居の向こうは暗闇に等しかった。

だが、目を凝らせばわかる。

しだいに闇に目も慣れていく。

赤松の林はたしかにある。真正面にひろがっている。

美由紀は紙片を取りだし、由愛香にいった。「明かり持ってて」

由愛香が美由紀の手もとを照らしながらたずねる。「その紙、何？」

「ＧＨＱの記録文書のコピーよ」

そこには、冠摩が開発された研究施設の周辺で、弾痕のある四本の赤松についての図解があった。

幹の歪曲、枝の伸び方。むろん六十年が過ぎて、いずれも成長しているだろう。しかし、その成長の基本はここにある。

四つの赤松の形状を頭に焼きつけると、美由紀は顔をあげ、闇に浮かぶ赤松の林をぼんやりと眺めた。

「美由紀……なにしてるの?」

「選択的注意で同じかたちを探しだすの」

理性で探そうとしても無駄が多い。

本能の客観的な観察にまかせたほうがうまくいく。

深呼吸をして、しばらく林を眺めつづける。

心を落ち着かせねばならない。

焦ったのでは理性が喚起され、本能の働きを阻害する。

やがて、ふいに注意を喚起されるところがあった。そこに焦点をあわせて凝視する。

見つけた。美由紀は走りだした。

図にあった赤松と同じ特徴を持つ巨木。近づくにつれて、視界のなかでどんどん大きくなっていく。

そっくりだ。しかし、わずかに違う気もする。

これであってほしい。ゲームはこのステージが最終面だ、あとはない。

目当ての木にたどりついた。

幹は著しく太くなっている。

図解にあった弾痕を探して、幹の表面をなでまわす。

「地上から四フィート八インチの位置って書いてある。つまり、一メートル四十二センチ。ちょうどこのあたり……」

息を弾ませながら追ってきた由愛香がいった。「木は六十年前より生長してるんでしょ？　弾痕の位置も上がってるんじゃ……」

「いいえ。木の生長ってのは、幹の上のほうが伸びるの。このあたりは変わらない」

と、美由紀の指先が、わずかな亀裂を探りあてた。

「明かりを」美由紀は由愛香にいった。

由愛香が差しだした懐中電灯を受け取り、その穴を照らす。

虫食い穴にしては大きい。

それでも、歳月を経て穴の口は細くなりつつある。

奥のほうまで光が入るようにして、覗きこんだ。

暗い穴のなかに、銀いろに輝く丸い物体があった。質感からも、それが求めていたものだとわかる。

南部式拳銃(けんじゅう)に使用される八ミリ弾、その弾頭部分の底だった。

美由紀は呆然(ぼうぜん)とつぶやいた。「あった……」

「え？　なに？　どうしたの、美由紀」

「あったんだってば。あったのよ！　これよ！」

面食らったようすの由愛香の顔に、笑みがひろがった。「マジで⁉」

「すぐ連絡を……」美由紀は携帯電話を取りだしたが、指先が震えてうまく操作できなかった。「ああ、かけられない……興奮しすぎてて……」

「わたしがかけてあげる」と由愛香が携帯をひったくった。

「電話帳登録してあるなかから、西海勉の携帯番号を選択して」

そういいながら巨木の幹にもたれかかった美由紀は、向かいの木に注意を奪われた。

その木を見あげる。

すぐに文書の図にあった木のうちの一本だとわかった。

そこから少し離れて、次の一本。

そして隣りに、最後の一本。

あった。四本が、ここに……。
美由紀はその場にへたりこんだ。
樹齢八十年の赤松は、いずれも天体を突くほどに高く見えた。
風が吹き、巨木たちが枝葉をすり合わせてざわめく。
自然の奏でる合唱が、果てしなくどこまでも広がっていく。
その合唱に耳を傾けるうちに、美由紀はいつしか涙をこぼしていた。
ありがとう、と美由紀は心のなかでつぶやいた。これがあなたたちの祝福なのね。

サイレン

警察が明治神宮側の許諾を得て摘出した弾頭は、すぐさま科捜研に運ばれ、鉛のなかに溶かしこまれたマイクロフィルムが取りだされた。

当時のマイクロフィルムはきわめて初歩的なもので、投影せずとも電子顕微鏡のスキャンニングで像を読みとることが可能らしかった。

化学式と成分表は、本来六枚に分けられたものだったが、厚生労働省の研究機関が緊急に検討した結果、四枚でも充分にワクチンの調合と精製は可能だということだった。

冠摩用のワクチンはきわめてマラリア用のそれに近く、人体の肝臓の細胞内で数千倍に増殖した原虫が赤血球に侵入するのを防ぐことで、血液中での分裂と増殖を抑制し、やがて死滅させるというものらしい。

午後十時三十分、美由紀は六本木にある厚生労働省直轄の製薬会社を訪ね、新薬として承認されたばかりのワクチンが無菌室で精製される過程を、ガラスごしに眺めていた。

研究員は試験管五本に入った無色透明の液体を、小さな金属ケースにおさめて待機室にでてきた。

マスクを外して研究員はいった。「成分表どおりに精製しました。とりあえずこれで、十人ぶんのワクチンとして機能します」

千代田区立赤十字医療センターの若い医師が、ほっとした顔でうなずいた。「よかった。最も深刻な状況にある患者は八人だ。取り急ぎ、それらの人に投与しよう。次はいつできる？」

「原虫伝搬阻止抗原の混合物の原料を取り寄せねばなりません。いまは研究所にあったものをすべて使って、この分量でした。原料が届くのは、明朝になりそうです」

「そうか。なんとか全員を助けることができそうだな。十人を除くほかの患者は、あと一日か二日は持ちそうだからな」

美由紀はようやく安堵を覚えた。その十人には、藍も里佳子も含まれている。

明治神宮から同行した由愛香が、うっすらと涙を浮かべながら微笑した。「よかったね、美由紀」

「ええ……」美由紀は医師にいった。「さっそく赤十字医療センターに運ばないと。わたし、自分で運びたいぐらい」

医師は苦笑した。「緊急車両が出ますよ。この時間、道は空いてる。ぎりぎりではあるけれども、なんとか間に合いますから」

そう願いたいと美由紀は思いながら、女性の看護師がワクチンの入ったケースを持ち、廊下へと運びだすのを見守った。

「由愛香」美由紀はきいた。「わたしたちも行こうか？」

「もちろん。いま行かないで、いつ行くの？」

笑みを交わしながら、美由紀は部屋をでようとした。

そのとき、白衣姿の男が入ってきてたずねた。「緊急輸送車両の準備ができました。ワクチンはどこですか？」

その一瞬、室内の時間の流れが静止したように感じられた。

「なに？」と医師はきいた。

「ワクチンですが……」

「それならいま、女性の職員が……看護師を寄越してないのか？」

「医薬品の輸送はわれわれ業者の仕事ですよ。病院の人は乗らない決まりで……」

医師が愕然（がくぜん）とした顔でつぶやいた。「やられた……さっきのは誰だ？」

美由紀はすかさず戸口を飛びだし、廊下を走りだした。

階段を駆け降りていく女性看護師が、ちらと顔をあげた。

「夕子……」美由紀は衝撃とともにいった。

看護師に化けた夕子が、ケースを脇に抱えて階下に降りていく。

医師が緊迫した声で告げた。「すぐ新しいワクチンを精製しないと……」

「いえ」美由紀は駆けだした。「それでは藍たちに間に合わなくなる。あれを奪われるわけにはいかない」

手すりを飛び越えて、下り階段に身を躍らせる。

駆け降りて玄関ホールに向かうと、夕子はもう外にでていた。

路上を走り去っていく白衣の背が見えている。

美由紀が後を追おうとしたとき、警備に立っていた制服警官がきいてきた。「どうかしたんですか？」

「いまの女、ワクチンを奪ったわ。取り戻さないと」美由紀は言い放って、また走りだした。

警官も併走してついてくる。無線で応援を呼んでいた。「至急至急。六本木三から警視庁……」

援軍を待っている暇などない。

美由紀は全力疾走した。

夕子は路地から表通りにでた。この時間になっても通行人で賑わう歩道を、次々と人にぶつかりながらも前進していく。

美由紀は車道にでて走った。取り締まり強化のせいで路上駐車は少ないが、代わりに客待ちタクシーが障害物になっている。ボンネットを乗り越え、屋根を踏みこえてひたすら走る。

夕子がビルに入っていくのが見えた。ディスカウントショップ、ドン・キホーテ六本木店のエントランスだった。

ガードレールを飛び越えて美由紀はそのエントランスに駆けこんだ。

雑多な商品が埋め尽くす棚が迷路のように伸びる店内を、客の向こうにかいま見える夕子の姿を見失うまいと必死で追う。

フロアの奥にあるエレベーターに夕子が駆けこむのが見えた。

乗員は夕子ひとりだけのようだ。美由紀は追いかけたが、寸前で扉は閉まった。

追走してきた警官が、息を弾ませながらきいた。「女はどこに？」

「エレベーターで上昇してる」美由紀は吐き捨てて、傍らの階段を上りだした。

二階にあがり、エレベーターの扉の上部にある表示を覗き見たが、停止するようすもなく上昇しつづけている。さらに三階めざして駆けあがる。

踊り場をまわったとき、チンと鐘の音がした。エレベーターが停まった。急がねばならない。

三階に駆けこんだが、男の客がひとり乗りこんだだけだった。

扉はすぐに閉まり、なかは見えなかった。

夕子が降りた可能性もないわけではないが、辺りに人影はない。まだ乗っている可能性が高い。

またしても間に合わなかった。上るしかない。

四階、エレベーターはまだ止まらない。

五階に行き着く寸前、またエレベーターが静止した音がきこえた。

がむしゃらに階段を上ったが、今度もまた到達とほぼ同時に扉は閉まった。

エレベーターのなかは未確認だが、周囲に人はいない。きっとまだ乗ったままだ。

残すところは最上階、六階だけだった。

美由紀は歯を食いしばって駆け上った。

六階、ブランド品を扱うフロア。

今度こそエレベーターの扉が開くより先に着いた。

が、降りてきたのは、さっき三階で乗りこんだ男の客だけだった。

エレベーターのなかには、ほかに誰もいない。

警官が追いついてきた。

ぜいぜいと息をしながら、警官がその男の客にたずねた。「すみません。エレベーターに乗ってたのはあなたひとりですか？」

男はきょとんとした顔でいった。「ええ……。三階からずっと、ひとりですけど」

美由紀は瞬時にその男の顔を観察し、真偽をたしかめた。

嘘をついていない。

隠しごとをするには表情が緩みすぎている。

状況も理解しているようすはなく、共犯とも思えない。ほぼ百パーセントの確率で、そう言いきれた。

「三階だ」警官が身を翻した。「彼が乗る前に下りたんでしょう。追いかけます」

階段を下っていく警官を追おうとして、ふと足がとまった。

この男性客の言葉は事実にちがいない。

だがそこだけを見て、すべてを判断していいものだろうか。これまでにも、感情を見抜けることを過信して真実を見過ごすミスがあった。

美由紀は男の客を呼びとめた。「ごめんなさい、もうひとつだけ……。エレベーターに従業員は乗ってませんでしたか？」

「ああ。あの看護婦の恰好をしたエレベーターガール？　一階下のコスプレのフロアで降りてったよ」

やっぱり。美由紀は階段の手すりに飛び乗って、滑り降りた。

おそらく夕子は、エレベーターに乗ってきた男性客に対して、いらっしゃいませと応じたに違いない。何階をご利用ですか、と聞けば、客は従業員と信じる。

瞬時にきかせる機転。やはりひと筋縄ではいかない詐欺師だと美由紀は思った。

五階に駆けこみ、コスプレ衣装の売り場に突入する。

チャイナドレスから制服各種まで、多種多様な衣装がぶらさがった通路を疾走する。

試着中の客たちを掻き分けてフロアの奥に向かうと、ふいに風が吹きこんでくるのを感じた。非常階段に通じる扉が半開きになっている。

扉を開け放って外に飛びだした。

夕子はすぐそこにいた。

階段を駆け降りようとしていた夕子はあわてたらしく、足を踏み外して転倒した。

すぐ下の踊り場に転がり、夕子は苦痛のいろを浮かべて呻いた。ケースは、その傍らに転がっている。

美由紀は階段を降りていった。「それを返して」

ところが、夕子はすぐさまケースを抱えて立ちあがった。

手すりの向こうにケースを突きだして、夕子は怒鳴った。「近づいたら落とす！」

「やめてよ！　どうしてそんなことするの。あなたのお兄さんはもう逮捕されたのよ。いまさら妨害をしてなんになるの」

「少なくとも、あの女は死ぬ」

「あの女って……里佳子さんのこと？」

「そう。あの女！　兄をたぶらかしたクズ女。人並みに恵まれて育ったからって、わたしを見下す下劣きわまりない女」

「里佳子さんはそんな人じゃないわ」

「てめえになにがわかるっての。ほんとに不幸なのは誰なのか知ってんの？　わたしがどれだけ孤独な人生を歩んできたか、知りもしないくせに。部外者はひっこんでなよ」

「どんな理由があるにせよ、人を死なせる言い訳にはならない。わたしはカウンセラーなの。部外者であっても、苦しんでいる人は見過ごせない」

「なら」夕子はふいに目を潤ませて叫んだ。「てめえ、わたしを助けなさいよ！　わたし、人格障害じゃん。カウンセラーならわかるでしょ。里佳子なんかより先に、わたしを助けてよ！」

「……里佳子さんは命の危機に瀕してる。あなたの心を救ってあげたいけど、それはあなたが自分で一歩を踏みださなきゃいけない」

そのとき、夕子の顔から表情が消えた。

「結局、わたしってそうなのね。誰にも助けられない。岬美由紀にも、わたしは見放された」

「それはちがうわ。あなたは……」

ふいに夕子はワクチンの入ったケースを、美由紀に投げて寄越した。

美由紀は驚きながらそれを受けとった。

夕子の顔に笑みが浮かんだ、そう見えた。

だがそれは、空虚な笑いだった。

いきなり手すりを乗りこえて、夕子は非常階段の外に身を躍らせた。

「夕子！」美由紀はあわてて駆け寄ろうとした。「やめて、早まらないで！」

しかし、夕子はためらうようすもなく、身体を宙に投げだした。

落下は速く、一瞬だった。夕子の身体は、ビルの谷間の闇に、吸いこまれるように消えていった。

どさりと音がした。美由紀は手すりから下を覗きこんだ。

真っ暗で、なにも見ることはできなかった。

遠くでサイレンの音が沸いている。

美由紀はケースを抱きかかえたまま、その場に座りこんだ。

胸に強烈な一突きを食らい、開いた穴を風が吹きぬけていく。そんな虚しさだけがあった。

ワクチン

翌朝、午前六時をまわった。

早朝だというのに、千代田区立赤十字医療センターの入院棟は、大勢の人々でごったがえしていた。

誰もが保護服を着ている。しかし、これまでのような陰鬱さはない。

むしろ明るかった。笑い声や、嬌声さえもあがっている。

藍の部屋には、両親や職場の友達が集まっていた。

皆が固唾を呑んで見守る藍の顔は、腫れもおさまり、赤い斑点もほとんど消えかかっていた。

げっそりと痩せているにはちがいないが、血色はよく、肌艶も戻りつつある。

その目がぼんやりと開いたとき、ベッドの脇にいた由愛香がいった。「藍！　美由紀、藍の意識が戻ったみたい」

美由紀は締めつけるようなせつなさとともに、藍の姿を見守っていた。

ベッドに寝たまま、藍が力なく辺りを見まわす。「あ……。どうしたのみんな？　こんなに大勢で……」

笑いが沸き起こる。由愛香が泣きながら、藍をそっと抱いた。「よかったね、藍。ほんとによかった……」

両親と友達が、ベッドの周りに集まる。誰もが祝福の言葉を口にしていた。

防護服に隔てられていても、握られた手のぬくもりは感じているらしい。藍は涙を浮かべてつぶやいた。「ありがとう……」

美由紀はひとり、その輪から離れた。

部屋をでて、通路に歩を進める。どの扉からも歓喜の声がきこえてくる。

ワクチンの成分表は全国の医療機関にオンラインで転送され、製薬会社と病院が協力して精製をつづけている。

各地の患者に投与され、効果をあげているということだった。いまごろは日本じゅうの病院が、ここと同じように祝祭のムードに包まれていることだろう。

たったひとつのベッドを除いては。

里佳子の病室に足を踏みいれる。ほかの部屋と違って、里佳子のベッドの周りには誰もいない。

近づいていくと、里佳子はうっすらと目を開けた。「岬さん……」

意識を回復したことは、すでに医師から聞いていた。美由紀は微笑んでみせた。「里佳子さん。もう安心よ」

「岬さん……。夫は……正平さんは？」

困惑だけが美由紀のなかに渦巻いた。夫の正体を、彼女はまだ知らない。

退院後、里佳子は大きなショックを受けるだろう。

自律神経系のバランスが崩れ、精神面が不安定になることも予想される。わたしは臨床心理士だ、彼女のために全力を尽くす。

しかし……。

美由紀の脳裏に、夕子が最期に発したひとことが浮かんだ。岬美由紀にも、わたしは見放された。

回収したワクチンを運ぶために、現場を急いで立ち去った。ゆえに警察の捜査は見ていない。さっき聞いた話では、なぜか夕子の遺体がまだ発見できていないということだった。

五階の高さだ、落ちた場所によっては死なないことはあっても、重傷は負っただろう。瀕死（ひんし）の身をひきずり、なおも逃亡したのだろうか。

彼女は、わたしに助けを求めていたのかもしれない。

人格障害、夕子はみずからそう口にした。

わたしは夕子にいった。里佳子さんは命の危機に瀕してる、と。

夕子より、里佳子を先に救わねばならないのだ、そう主張した。

それが夕子を追い詰めてしまったのか。彼女はそのひとことに絶望してしまったのだろうか。

ため息とともに、美由紀は複雑な思いを遠ざけた。

「旦那さんには、そのうち会えるわ」と美由紀は里佳子にいった。「いまはゆっくり休んで……」

伝えられる言葉はそれだけだった。美由紀は里佳子の頭を軽く撫でて、ベッドを離れた。

運命の予兆

夕子は意識が戻ってくるのを感じた。目が開き、視界になにかをとらえた。

はっとして、顔の前にあった何者かの手首をつかんだ。

その手には櫛(くし)が持たれていた。会ったこともない白人の若い女が、こちらを見てにっこりと微笑している。

女は夕子の前髪に櫛を通すと、少し遠ざかって、満足そうにうなずいた。ワゴンテーブルの上に並んだヘアメイクの道具類のなかに、その櫛を戻す。

なんだろう、ここは。赤い壁に囲まれた部屋。テーブルの上には無数の花束が載せてある。

ドアが開いて、別の女が入ってきた。

今度の女も外国人だが、もう少し年齢が上に見えた。

三十代半ばから後半ぐらいだろうか。大人向けのファッション誌から抜けだしてきたような、派手な色づかいのファッションに身を包んでいる。

デザインスーツに、斜めにかぶったつば広の帽子。九頭身、いや十頭身にみえるスタイルのよさ。スーパーモデルのように整った顔だちの白人だった。

女は化粧の濃い顔を近づけてきて、英語でつぶやいた。「ベリー・グッド。ディス・フェイス、パッセス・イナフ・イーブンイフ・ザ・テレヴィジョン・イズ・リレード・オール・オーバー・ザ・ワールド」

高校までの授業はさぼってきたため、英語には強くないどころかまるで聞き取れない。

夕子はつぶやいた。「なによ。ここはどこ？」

すると、女はふいに日本語でいった。「心配しないで。あなたが心のなかで望んだ場所よ」

「望んだ場所？　天国？」

ふっと女は笑った。「本気で死にたいなんて思ってなかったくせに。わたしはジェニファー・レイン。あなたには感心したわ。それで、ここに来てもらったの」

「なんの話？　あなたに会ったことないけど」

「でもわたしのほうは、あなたを見てたの。あなたの素晴らしい才能の片鱗(へんりん)を見て、どうしても会いたくなったのよ、夕子」

わたしの名を知っているのか。

身体を起こそうとしたとき、夕子は鏡に映った自分の顔に気づいた。

ぎょっとして夕子はいった。「これ、わたし？　顔が違う！」

そこにあったのは、白人と見まごうほどに端整かつ美形な女の顔だった。

髪型も化粧もありえないほど完璧なレベルで施され、パーティーに出席するかのような色鮮やかなドレスを着せられている。

「そう」ジェニファーは目を細めた。「少々顔をいじらせてもらったの。ちょうど腫れもひいたし、痛みも残っていないでしょ？」

「なんでこんなことを……」

「理由ならはっきりしてるわよ。あなたの顔がブサイクすぎた、それだけ」

「……いったいなんなの。どこに連れてきたの？」

「その目でたしかめるといいわ。ついてきて」

ジェニファーが手を差し伸べる。

不信感は募っていたが、ほかにどうしようもない。夕子はその手をとり、歩きだした。

しばらく眠っていたせいか、身体がだるい。足もともおぼつかない。

ところが、ドアの向こうにいたタキシード姿の男の顔を見たとき、夕子はまたもや失神しそうになった。

「嘘⁉」夕子はいった。「トム・スレーター？」

まぎれもないハリウッドスターのトム・スレーターが、にっこりと笑って、夕子に目くばせした。

「さあ」ジェニファーがうながした。「トムと腕を組んで。これから彼の最新主演作のプレミアだから」

呆然としていると、トムのほうが夕子の手をとり、指先にキスをした。そのまま腕を組み、通路を歩きだす。

前後に黒人のボディガードが配置され、警備を固めている。

行く手の扉が開け放たれた。

夕子は息を呑んだ。

夜の広場を埋め尽くしている人、人、人。

外人ばかりだった。そう、ここは日本ではない。派手なネオンが銀河のように景色を埋め尽くしている。

正面に見えているのはハリウッドのチャイニーズ・シアターだ。

トム・スレーターに気づいた群衆が、わあっと歓声をあげる。

押し寄せた報道陣がいっせいにカメラを向けてきた。ひっきりなしに瞬くカメラのフラッシュのなかで、トムは愛想よく笑って応えた。

彼と同伴しているからだろう、報道陣は夕子にもマイクを向けてきた。

矢継ぎ早に質問が飛んだが、夕子には英語は理解できない。

やがてトムが答えた。「シー・イズ・ビューティ。ドゥーユー・シンク・ソー・ドンチュー? マイ・ニュー・フィアンセ・フロム・ファーイースト」

どよめいたマスコミ一同はトムと夕子のツーショットを撮るべく、撮影場所を争いだした。

ボディガードの先導で、赤絨毯に歩を踏みだす。あちこちから黄色い歓声が飛んでいた。チャイニーズ・シアター上空に花火があがる。色とりどりの花火。どこからともなく聞こえてくるブラスバンドの演奏。そして、赤絨毯の左右に列をなす人々が、歓迎の笑みとともに拍手をしている。

視界が涙に揺らぎだした。夢だ。あらゆる夢は一挙に現実のものとなった。

トムが、並んで歩くジェニファーに告げた。「アイ・フィール・アドミレーション・フォー・アドバタイジング・アビリティ・オブ・マインドシーク・コーポレーション」

ジェニファーが答えた。「ドント・メンション・イット。ユーズ・アウァ・カンパニー・イン・ザ・フューチャー・トゥー」

夕子の胸は躍っていた。言葉が理解できないのがもどかしい。「英語、勉強しとさゃよかった……」

「だいじょうぶよ」ジェニファーが微笑みかけてきた。「ちゃんと教えるから。トムとも月にいちどは食事できるし、半年も経てば自由に話せるようになるわよ」

「ほんとに？」

「ええ。わたしたちが教えるわ。語学だけでなく、あなたにとって最良のすべてを」

夢ではない。妄想に浸っているわけでもない。なにもかもが現実だ。耐え忍んだ甲斐があった。なにが評価され、なにを求められているのかはまだわからないが、わたしは選ばれた。

そういえば、やがて到来する運命の予兆を感じていた気がする。わたしがあんな怠惰で空虚な日常の犠牲になる女のはずがない。

夜空を彩る花火を眺めるうちに、涙がとまらなくなった。わたしの人生はようやく幕を開ける。生きていてよかった。誰が何を言おうと、自分を信じつづけてよかった。

友情

ホームパーティーというのは、予定を決めてから知人や友人を招待するまでがなにより
も楽しい。前日になれば買いだしにいかねばならないし、当日はもうウェイトレスも同然
に立ち働かねばならない。

美由紀はマンションの自室に集まった人々のために忙しくキッチンとリビングルームを
行き来した。

空いたビールビンを片付けて、同じ数のビンをまた新しく冷蔵庫から調達する。その作
業の繰りかえしだった。

ビンを載せた盆を持ってキッチンに向かおうとしたとき、私服姿の芳澤将補が呼びとめ
てきた。「岬。紹介するよ、今年幹部候補生学校をでた連中だ」

若い男女が姿勢を正して会釈する。

美由紀は笑った。「そんなに硬くならないで。きょうは仕事じゃないんだし」

芳澤がいった。「なにか先輩としてアドバイスを」

「ええと……まあ、上官の指導にはきちんと従って……」

「おいおい。きみが言うか」

笑いが沸き起こるなかで、美由紀も苦笑した。「そうですね」

今度は舎利弗の声がした。「美由紀」

「失礼します」美由紀は盆を持ったまま、パーティーの参加者たちのあいだを縫ってリビングの中央に向かった。

と、グランドピアノのわきで舎利弗が話しかけてきた。「徳永がピアノ弾いてくれるってさ。なにかリクエストある?」

美由紀はピアノの前に座った徳永を見た。徳永は美由紀を見かえして、やや気取った素振りをしながら目配せした。

「じゃあ、この場の雰囲気に合う曲をなにか」

「オーケー。ではショパンのバラード第一番ト短調を」

徳永がピアノを弾きだした。優雅な旋律。人々の談笑する声とともに、和やかな雰囲気をかもしだしている。

「なあ美由紀」舎利弗が困惑したようにきいてきた。「やっぱりピアノを趣味にしてるってのはかっこいいよな」

「なにが？」

「いや……だから……僕も楽器とかやろうかな」

「それはいいわね。舎利弗先生ならトランペットとか似合うんじゃない？」

「んー。あまり自信がないな……肺活量ないから」

「なら、ハーモニカとかも弾き方で聞かせる演奏になるわよ。先生はどんな曲が好きなの？」

「僕はあまり知らないし……アニソンぐらいしか……」

「アリソンって？」美由紀の耳にはそう聞こえた。「ひょっとして、アリソン・クラウス？　すごくいい趣味！　舎利弗先生、カントリーとかも聴くの？　似合いそう！」

「いや、まあ、そうだね。……いいんだ。僕は僕の道を行くよ……」

なぜか視線を落として去っていった舎利弗の背を、美由紀は首をかしげて見送った。

ふたたびキッチンに向かう。

今度は防衛省の職員組から、西海が声をかけてきた。「岬。きのう長官と総理官邸の会議に出席したよ。閣僚もきみのこと褒めてたぞ」

「ありがとうございます……。あ、西海さんは次、なに飲みます？」

「同じバドワイザーでいいよ。ところで岬、長官と話しあったんだが、ぜひきみに復職を……」

「すみません。ピザが焦げるといけないので」美由紀はそういってキッチンに逃げこんだ。

ふうっとため息をつく。

休日の正午からのパーティーで、まさか防衛省職員が初めから姿を現すとは思わなかった。長い一日になりそうだ。

キッチンでサラダをこしらえていた由愛香がきいた。「美由紀。ドレッシングはどこ？」

「藍が買ってきたんじゃなかったっけ？」

その藍はキッチンに据え置かれた小さなテレビに見いっていた。「ねえ、ちょっと。トム・スレーターが出てる。新作映画のプレミアからの衛星中継だってさ。すごいゴージャス」

「ちょっと」由愛香がつかつかと歩いていって、藍の手を引っ張った。「こっちで手伝ってよ。自分の仕事に徹すること。社会人の常識」

「待ってよ。ほら、トムってすごいハンサム。この横にいる女、誰だろ？　日本人みたい」

　美由紀はテレビに目を向けたが、その寸前に由愛香がスイッチを切ってしまった。

「さあ仕事、仕事」由愛香がいった。「ったく。以前は、キッチンの食べ物をそっちのけにするなんて考えられない性格だったくせに。極端な不潔恐怖症がおさまったからって、怠け癖がついてどうするの」

「べつにいいじゃん。お祝いなんだし」

「そんなことだから藍はいつまでもＯＬどまりなのよ。わたしみたいに店をいくつも持つまでになるには、目先のやるべきことを……」

「また始まった」と藍は笑った。「由愛香さんは、美由紀さんほどすごくないじゃん。そんなに儲かってないでしょ？　美由紀さんはクルマも二台持ってるし」

「あいにくわたしも高級車を三台持ってるの。ああ、残念ね。わたし独身だし、常に一台ずつしか運転できないから、わたしと会う人はそのとき乗ってるクルマしか見ない。友達にさえ、ほんとは三台持ってるってことを知らしめられないなんて」

「いつも残りの二台を牽引して走ればいいじゃん」

　美由紀は飲んでいたジュースを思わず噴きだしそうになった。

　由愛香は憤ったようすで藍にいった。「なにが牽引よ。人を馬鹿にして……」

「いいから」美由紀は仲裁に入った。「わたしたち三人で食事の用意をするの。藍も手伝って」

藍がにっこりと微笑んだ。「はあい」

その屈託のない笑顔を見たとき、美由紀はひとつの確信を得るに至った。

他人の感情を読めるようになったとき、わたしはこれでもう友情など信じられなくなる、そう思った。誰もが損得勘定を秘めている。本当に人を好きになることなんて、果たしてありうるのだろうか。そんなふうに思い悩んだ日々があった。

いまはもう迷わない。人の心はもっと純真で、すなおなものだ。藍を見ているとわかる。彼女は、わたしを信じてくれている。一緒に過ごす時間に喜びを抱いてくれる。真の友情はきっと育つ。猜疑心など払拭して、偽りのない心でつきあえば、相手もまた心を開いてくれる。人とはそういうものだ。

わたしにしか見えないものがある。けれども、そこに見えるのは、いつも歪んだ像ばかりではない。それを知ることができた。

「さてと」藍がいった。「このステーキの大皿、ずいぶん重いね。誰が運ぶのかジャンケンで決めよ」

「えー」由愛香が異議を唱える。「駄目だよ。美由紀は絶対に勝っちゃうじゃない」

美由紀は笑いながら、腕に力をこめて皿を持ちあげた。「いいの、わたしが運ぶから。

ふたりとも、そうしてほしいって思ってるでしょ？」

解説

中辻理大

ときの経つのは早い。松岡圭祐が『催眠』『水の通う回路』（現在は『バリア・セグメント』と改題）に続く長篇第三作『千里眼』を発表したのは一九九九年六月のことだ。航空自衛隊の元空尉で戦闘機パイロットだった臨床心理士・岬美由紀を主人公にした本書は大藪春彦賞候補となり、翌年以降、シリーズ化された。昨年二〇〇六年まで七年間に亘（わた）り全十二作の〈千里眼〉シリーズが刊行され、いずれも好評を博している。累計で四百万部以上売れているというのだから、まさしく文字通りのベストセラー・シリーズなのだ。闘うヒロイン美由紀がエンターテインメント界にデビューしたのはつい最近のことのような気がしていたのだけれど、そうか、すでに七年も人気を持続してきたのか、と改めて本シリーズが放つ強大なエネルギーを実感した次第だ。

十二作はすべて小学館文庫から刊行されているが、親本であるハードカバー本の内容をそのまま文庫化したわけではなく、新たな変更を加えている。こうした配慮から、自身も臨床心理士である作者らしいきめの細やかさ、上質のエンターテインメント小説を徹底的に構築しようとする執念とも言えるこだわりを感じる。

また、同文庫から昨年四月に書き下ろし刊行された最近作『千里眼　背徳のシンデレラ』では表紙に女優・釈由美子を登場させるという面白い試みを行なっている。インターネット上の作者公式サイトによれば〈当サイトのアンケート調査で選ばれた「最も岬美由紀のイメージに近い女優」〉が彼女なのだそうだ。

すなわち、本シリーズはヒロインのキャラクターが、読者吸引力においてかなりのウェイトを占めているのだ。今や文芸ジャンル名として定着した感のあるキャラ萌え小説の一種なのだろう。ファンにとって美由紀はまことに愛しい、身近に実在する女性として具体的に視覚化したいほど魅力的なヒロインなのである。

一作目『千里眼』のときから彼女のキャラクター造形は確立されていた。些細ではあるが当人にとっては深刻な少女期の体験をきっかけに、美由紀は人間不信と反権力の強い意志を心の中で鋳造するようになった。その性質が自衛隊入りにつながるわけだが、権力集団に所属することは明らかな選択の誤りであり、結局は臨床心理士の道へと軌道修正したのである。

タフな戦闘機パイロットとしての経歴と、精神のバランスを失った少女を穏やかな態度でカウンセリングすることは彼女の心の中で矛盾しない。いずれの道も、癒されない自身の孤独な魂を救済するために選択したものだからだ。すなわち、パワフルな情熱と隙のない知性、人間不信と人間愛、といった一見すると対立していると思われる性質が、繊細過ぎる内面を基盤にして破綻なく共存できている。〈心のやすらぎ〉を求めて彼女がバイオリンを弾くシーンは実におだやかで印象的であった。

もちろん、新興宗教絡みの大規模なテロ、それに対抗する政府や自衛隊の緊迫した状態、そしてアクション・シーンといった大造りの展開は申し分ないけれど、その根底に美由紀の知性と繊細さが書き込まれていなければ、ただやかましいだけの安っぽいエンターテインメントになっていたかもしれない。

さて、この度、本シリーズは新たに再スタートを切った。小学館文庫から角川文庫に引っ越し、書き下ろし三作が同時刊行される運びとなったのだ。同時ではあるけれど、作品歴の位置づけとしては『千里眼　The Start』がこの新シリーズの第一作、『千里眼　ファントム・クォーター』が第二作、そして本書『千里眼の水晶体』が第三作だ。第一作の巻末に収められた「著者あとがき」で松岡圭祐は旧シリーズに濃厚だった〈ケレン味〉を新シリーズでは薄め、〈科学的視点が求められる設定については極力リアルに描く〉と強調している。

第三作『水晶体』では、生物化学兵器の関わる事件が主軸に置かれた。日本臨床心理士会の事務局に一人の男がやって来る。羽田空港に勤務している国土交通省職員・米本だった。山形県庄内発羽田着の機内で乗客・篠山里佳子がトラブルを起こしているという。フライト中から洗面所に閉じこもり、際限なく顔を洗い続けているのだ。しかも、東京の空気は汚れているので外へ出たくないと主張していた。問題解決のため、美由紀は空港へ直行する。

里佳子は極度の不潔恐怖症だった。美由紀の適切な説得が功を奏し、里佳子はホテルへ宿泊することを同意する。そこへ山形県警の警部補が訪ねてくる。同県内で起きた山火事に放火の疑いが浮上し、それに里佳子が関与しているようだという。里佳子は断固否定するが、ほどなくして原因不明の昏睡状態に陥り、似た症状の者たちが美由紀の周囲でも続出し始める。これも山火事と関係した突発事なのか？　美由紀は原因究明に乗り出す。

生物化学兵器、大規模な放火、不潔恐怖症、とスケールにおいてはあまり関連性のなさそうに見えるもの同士が、緊密なつながりを呈していくストーリー運びが実に巧い。そして深い。作者は国際紛争、犯罪、個人の抱える心の病を、区別することなく同系列の事柄、すなわち人の問題として捉え、紡ぎまとめることに成功している。人間の心に仕む悪魔の謎を、精神医学の知識と技術で解き明かしていくミステリ的興趣が読者をぐいぐいと惹き込んでいくのだ。

もちろん美由紀の反権力の姿勢、気持ちいいくらいに勧善懲悪の精神は本書でも健在だ。深みを増しつつ、ヒロイン・エンターテインメントの面白みも依然として追求し続けている作者の姿勢に好感が持てる。

（文芸評論家）

本書は書き下ろしです。

この物語はフィクションです。登場する個人・団体等はフィクションであり、現実とは一切関係がありません。

千里眼の水晶体

松岡圭祐

平成19年 1月25日　初版発行
令和6年 12月10日　11版発行

発行者●山下直久

発行●株式会社KADOKAWA
〒102-8177　東京都千代田区富士見2-13-3
電話　0570-002-301（ナビダイヤル）

角川文庫 14550

印刷所●株式会社KADOKAWA
製本所●株式会社KADOKAWA

表紙画●和田三造

ISBN978-4-04-383604-8　C0193

角川文庫発刊に際して

角川源義

第二次世界大戦の敗北は、軍事力の敗北であった以上に、私たちの若い文化力の敗退であった。私たちの文化が戦争に対して如何に無力であり、単なるあだ花に過ぎなかったかを、私たちは身を以て体験し痛感した。西洋近代文化の摂取にとって、明治以後八十年の歳月は決して短かすぎたとは言えない。にもかかわらず、近代文化の伝統を確立し、自由な批判と柔軟な良識に富む文化層として自らを形成することに私たちは失敗して来た。そしてこれは、各層への文化の普及滲透を任務とする出版人の責任でもあった。

一九四五年以来、私たちは再び振出しに戻り、第一歩から踏み出すことを余儀なくされた。これは大きな不幸ではあるが、反面、これまでの混沌・未熟・歪曲の中にあった我が国の文化に秩序と確たる基礎を齎らすためには絶好の機会でもある。角川書店は、このような祖国の文化的危機にあたり、微力をも顧みず再建の礎石たるべき抱負と決意とをもって出発したが、ここに創立以来の念願を果すべく角川文庫を発刊する。これまで刊行されたあらゆる全集叢書文庫類の長所と短所とを検討し、古今東西の不朽の典籍を、良心的編集のもとに、廉価に、そして書架にふさわしい美本として、多くのひとびとに提供しようとする。しかし私たちは徒らに百科全書的な知識のジレッタントを作ることを目的とせず、あくまで祖国の文化に秩序と再建への道を示し、この文庫を角川書店の栄ある事業として、今後永久に継続発展せしめ、学芸と教養との殿堂として大成せんことを期したい。多くの読書子の愛情ある忠言と支持とによって、この希望と抱負とを完遂せしめられんことを願う。

一九四九年五月三日

角川文庫ベストセラー

クラシックシリーズ
千里眼完全版　全十二巻　松岡圭祐

戦うカウンセラー、岬美由紀の活躍の原点を描く『千里眼』シリーズが、大幅な加筆修正を得て角川文庫で生まれ変わった。完全書き下ろしの巻まである、究極のエディション。旧シリーズの完全版を手に入れろ!!

千里眼 The Start　松岡圭祐

トラウマは本当に人の人生を左右するのか。両親との辛い別れの思い出を胸に秘め、航空機爆破計画に立ち向かう岬美由紀。その心の声が初めて描かれる。シリーズ600万部を超える超弩級エンタテインメント！

千里眼 ファントム・クォーター　松岡圭祐

消えるマントの実現となる恐るべき機能を持つ繊維の開発が進んでいた。一方、千里眼の能力を必要としていたロシアンマフィアに誘拐された美由紀が目を開くと、そこは幻影の地区と呼ばれる奇妙な街角だった――。

千里眼 ミッドタウンタワーの迷宮　松岡圭祐

六本木に新しくお目見えした東京ミッドタウンを舞台に繰り広げられるスパイ情報戦。巧妙な罠に陥り千里眼の能力を奪われ、ズタズタにされた岬美由紀　絶体絶命のピンチ！　新シリーズ書き下ろし第4弾！

千里眼の教室　松岡圭祐

我が高校国は独立を宣言し、主権を無視する日本国へは生徒の粛清をもって対抗する。前代未聞の宣言の裏に隠された真実に岬美由紀が迫る。いじめ・教育から心の問題までを深く抉り出す渾身の書き下ろし！

角川文庫ベストセラー

高校事変 Ⅳ　松岡圭祐

中学生たちを乗せたバスが転落事故を起こした。過酷な幼少期をともに生き抜いた弟の名誉のため、優莉結衣は半グレ集団のアジトに乗り込む。恐怖と暴力が支配する夜の校舎で命をかけた戦いが始まった。

高校事変 Ⅴ　松岡圭祐

優莉結衣は、武蔵小杉高校の級友で唯一心を通わせた濱林澪から助けを求められる。非常手段をも辞さない公安警察と、秩序再編をもくろむ半グレ組織。新たな戦闘のさなか結衣はあまりにも意外な敵と遭遇する。

高校事変 Ⅶ　松岡圭祐

新型コロナウイルスが猛威をふるい、センバツ高校野球大会の中止が決まった春。結衣が昨年の夏の甲子園で、ある事件に関わったと疑う警察が事情を尋ねにきた。半年前の事件がいつしか結衣を次の戦いへと導く。

高校事変 Ⅷ　松岡圭祐

心機一転、気持ちを新たにする始業式……のはずが、結衣と同級の男子生徒がひとり姿を消した。その裏には、田代ファミリーの暗躍が――。深夜午前零時を境に、生きるか死ぬかのサバイバルゲームが始まる！

高校事変 Ⅸ　松岡圭祐

優莉結衣と田代勇次――。雌雄を決するときがついに訪れた。血で血を洗う抗争の果て、2人は壮絶な一騎討ちに。果たして勝負の結末は？　JK青春ハードボイルド文学の最高到達点！